KUWEI
酷威文化
图书 影视

かんぜん
むざい

完全无罪

[日]大门刚明 / 著

王博 / 译

江苏凤凰文艺出版社
JIANGSU PHOENIX LITERATURE AND ART PUBLISHING

图书在版编目（CIP）数据

完全无罪 /（日）大门刚明著；王博译. -- 南京：江苏凤凰文艺出版社, 2025.9. -- ISBN 978-7-5594-9719-2

Ⅰ. I313.45

中国国家版本馆 CIP 数据核字第 2025LE2825 号

著作权合同登记号：10-2025-116

《KANZEN MUZAI》
© Takeaki Daimon 2019
All rights reserved.
Original Japanese edition published by KODANSHA LTD.
Publication rights for Simplified Chinese character edition arranged with KODANSHA LTD.
through KODANSHA BEIJING CULTURE CO., LTD. Beijing, China.
本书由日本讲谈社正式授权，版权所有，未经书面同意，不得以任何方式做全面或局部翻印、仿制或转载。

完全无罪

[日] 大门刚明 著　王博 译

责任编辑	项雷达
特约编辑	王雨亭　房晓晨
装帧设计	扁　舟
责任印制	杨　丹
出版发行	江苏凤凰文艺出版社
	南京市中央路 165 号，邮编：210009
网　　址	http://www.jswenyi.com
印　　刷	天津旭丰源印刷有限公司
开　　本	880 毫米 ×1230 毫米　1/32
印　　张	8.5
字　　数	163 千字
版　　次	2025 年 9 月第 1 版
印　　次	2025 年 9 月第 1 次印刷
书　　号	ISBN 978-7-5594-9719-2
定　　价	45.00 元

江苏凤凰文艺版图书凡印刷、装订错误，可向出版社调换，联系电话025-83280257

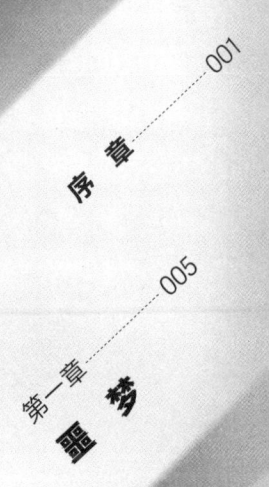

目录

序章 ………001

第一章
噩梦 ………005

第二章
针眼与骆驼 ………057

第三章
名为正义之罪 ………117

第四章
怪物之家 ………165

第五章
完全无罪 ………209

终章 ………259

序章

已经东躲西藏多久了?

在幽暗的森林中四处奔逃,能依靠的只有依稀的月光,耳边唯有赤脚踩在落叶上的窸窣声和细小枝杈的断裂声。前面盛开的黄色小花是油菜花吗?咳……咳哈……花粉吸进了嗓子里,被呛到了。

必须从那个绿色屋顶的房子里逃走,躲得越远越好。

不能回头,就算停下来喘息片刻,也绝不能回头。虽然还没有听见声音,但他一定会追过来的。如果被找到了,只有死路一条!

手臂被擦伤了,脚掌也痛得要命。刚刚狠狠摔了一跤,妈妈帮忙穿上的浴衣沾满了泥巴,前襟敞开,腰带也不知掉到哪里去了。

对不起,把事情搞成了这个样子……可现在的我只想逃走,我不想死。为什么会变成现在这样?为什么要追我?

救我!无论是谁都行!救救我!

序　章

不知道自己现在在哪儿，也不知道该往哪儿跑。我穿过竹林，绕开池塘，从水坑上一跃而过，头也不回地往前跑着。脑袋一片混乱，我甚至不知道自己是不是正在向前奔跑，只听到一个声音在发出警告："无论如何都不能停下来！"

我快喘不上气了，心脏仿佛要炸裂开。身体无比难受，但现在似乎只有杂草闷热的气息追随着我。这下应该甩掉他了吧？但我知道，越是在这种松懈的时刻，那个人越有可能突然现身。那个人……人？不，那绝对不是人，是怪物！他身材比爸爸还要高大，长着一双骨碌碌乱转的眼睛和像匹诺曹一样的长鼻子，嘴巴大得像是能一口吞下整头山羊，这样的存在怎么可能是人呢！

远处依稀可以看到朦胧的光亮。那光亮逐渐变大，呼朋唤友般一点点亮了起来。太好了，是城镇！我如同从山坡滚落下来一般，拼命朝着光亮的方向跑去。得救了！虽然敞开的浴衣让人有些难为情，但现在不是纠结这些事情的时候。

正当我这么想时，忽然传来了一阵脚步声。那脚步声听来极为迟缓，动静却越来越大。而我的双腿已经筋疲力尽，再也跑不动了。

被抓住只有死路一条！

救救我！

我流着眼泪拼命向前奔跑，忽然左脚踩空，右脚也是。整个人浮在了半空中，大约一秒后，又重重地摔在了地上。嘴里是泥土和血混杂在一起的味道，我擦了擦嘴角，回头看到那个身材高大的男人就在我身后。

两道粗重的眉毛向上竖起,眼睛瞪得老大,高耸的鼻梁如长枪般锐利,一张血盆大口不停地流着口水。这个大块头并不着急,像在确认有没有陷阱一样,一步一步地,朝我慢慢地走了过来。不要!有没有人能救救我!

快逃!快逃!逃得远远的,越远越好……

第一章

噩 梦

1

"客人，停在这里可以吗？"

松冈千纱抬头一看，映入眼帘的正是东京地方法院。头发斑白的司机眉头紧皱，回头看向后座说："客人，你还好吗？"

啊对，坐出租车还挺方便的，自己好像累得睡着了。又做了那个梦……刚才是不是喊出声了？不过现在想这些也于事无补。千纱扶起滑落的黑框眼镜，从钱包里取出了信用卡递给司机。

"发票抬头请写'菲亚顿律师事务所'，谢谢。"千纱面带微笑地应道。但头发斑白的司机依旧一副苦大仇深的模样。

接下来可是一场极为重要的判决，这表情真是让人不爽。就不能面带笑容送我下车吗？做服务业的怎么能总是摆着一张臭脸呢？

第一章 噩梦

"客人,请确认一下这里。"司机轻轻摸着布满胡楂的下巴。

千纱模仿司机的动作,发现下巴湿漉漉的。她连忙掏出手帕,手忙脚乱下,几枚零钱从钱包里掉了出来。一枚五日元的硬币骨碌碌滚进了副驾驶座位下面。司机一副"这又是在搞什么"的表情,还是伸手把零钱捡起来递给了千纱。

车外雨将下未下,乌云所储之水似乎已超过临界点,像是拿针轻轻一戳便会一泻千里,呜咽着降下大雨。

千纱用手按住胸口,心脏怦怦直跳。她闭上眼睛命令自己:"冷静下来!"几次深呼吸后,千纱这才发现快要迟到了,赶紧拔腿跑向法院。

"松冈,快点!"

在前面等着她的是律所的同事。

"抱歉,我身为主辩律师却……"

"没事,判决要紧。"

这位中年律师犹如《爱丽丝梦游仙境》中捧着怀表的白兔先生,千纱紧跟在他身后,冲进了法院。一进去,千纱的脑海中就不停回荡着学法律时常听到的那句话:"急事缓办。"

进入法庭时已经稍迟了片刻。这场判决备受瞩目,即便今天只是宣布审判结果,还是涌入了许多旁听群众。

"准备好了吗?去改变这个时代吧!"

"准备好了,走吧!"

在稍嫌浮夸的鼓励下,千纱走向了辩护律师席。梳着大背头的检察官就坐在对面。在两名狱警的带领下，被告现身了。

原本满脸胡楂，一头金发，剃去眉毛的被告，如今剃了光头以后，反而露出一张意外稚气的脸庞。这也难怪，毕竟被告田村彪牙才二十一岁。他涉嫌将女友两岁的女儿从公寓三楼推落，并致其死亡，被检方以杀人罪起诉。

隔壁老妇人的证词成了本案的焦点。

这位独居的老妇人作证，平时就经常听到彪牙对着孩子大吼："闭嘴！不然弄死你！"案发当天，她还目睹彪牙将小女孩从公寓楼上推落。尽管公寓的院子里铺满了草坪，但不幸的是，这位两岁大的女孩儿头部撞击到了水泥部分，致使死亡。

没一会儿，三名法官如出席葬礼般静静走上台。

"被告请出列。"

在审判长的指示下，田村彪牙走上了证言台。

彪牙没有前科，但从初中到职高期间也闯下了不少祸。他在众多媒体面前竖起中指、面目凶恶的画面在电视上循环播放，整起案件被渲染得骇人听闻，网络上更是充斥着要求将他判处死刑的呼声。

在千纱眼中，彪牙绝对算不上什么好人。即便是几句不痛不痒的话，他也会勃然大怒，为他辩护真的是吃尽了苦头。话虽如此，但也绝不能以貌取人。更何况，仅凭短短几秒没拍到杀人现场的画面，就要决断一个人的生死，这简直就是

第一章 噩 梦

无稽之谈。

最初接下这起案件的,是一名公设辩护人。

这位辩护人为了规避杀人罪,选择从推落地点是在三楼,嫌犯并无杀人意图,应判为故意伤害罪这一角度出发展开辩护。但彪牙坚称这是一起意外事故,解雇了那名公设辩护人,转而委托菲亚顿律师事务所。

千纱接下案子后发现,老妇人的证词前后不一,变更了多次。这让她有种很强的直觉——老妇人其实并未目睹小女孩被推下楼。更何况,从老妇人的房间要想看到小女孩被推下的那一幕的话,必须得特意探出身体才行。后来律师团队前往现场验证后,也证明了千纱的这一质疑。

眼下法官与陪审团做出了判决,不过千纱也没有从表情中读出判决内容的本事。

审判长稍微压低眼镜,轻轻瞪了彪牙一眼。

"判决结论:被告无罪。"

法庭内顿时一阵骚动。千纱长舒一口气,彪牙也一副放下心来的表情。司法记者纷纷离席,赶去将这一判决结果发表。审判长迅速念完判决理由后宣告退庭,但地方法院104号法庭的现场依然处于骚乱不休的状态,其中还夹杂着激烈的怒吼。

"杀人犯!杀人犯!"

不断发出怒吼的,正是当时与彪牙交往的那位十九岁女性。

完全无罪

"还给我！把女儿还给我！"

她在法庭上始终保持着沉默，但听到无罪判决之后，她就像全身着火般凄厉地嘶吼起来。彪牙鞠了一躬，瞥了女人一眼便转过身去。而这位十九岁的女性在父母的搀扶下走出了法庭。

"松冈律师，恭喜恭喜！"

律师同事伸过手来。千纱固然感到一阵胜利的雀跃，但看着年轻母亲恸哭的背影，也只能无力地握住了同事的手。

幼儿坠楼案件判决一周后。玻璃帷幕的电梯沉默着缓缓上升，俯瞰着东京的街巷。

菲亚顿律师事务所的总部位于东京站旁边，是日本数一数二的大型律师事务所，业务范围涵盖刑事与民事案件，以及企业法务、国际案件等多个领域，麾下聚集了众多能力出众的律师，堪称律师之城。

外面刚下过雨。

"松冈律师，不管舆论如何，这次的判决真是意义重大啊。"

开口的是一家法律季刊杂志的记者。

"什么物证都没有，仅凭几句不靠谱的证词就差点判了杀人罪，真是了不得的冤案啊。"

千纱板着一张脸，小啜了一口咖啡。

"我认为，不论是警察还是证人，都是出于惩恶扬善的正

第一章 噩　梦

义感展开行动的。但就结果而言，却让无辜的田村先生蒙受了不白之冤。无论是故意还是过失，有时候，铸造出冤案的恰恰是这样的正义感。"

"松冈律师，你成功打赢了这场无罪辩护，可以说为律所的刑事辩护方面大大增添了光彩啊。"

"我也没出很大的力，主要还是检证团队的功劳。"

记者笑着表示千纱太过谦虚了。其实这是她的真心话。归根结底，她之所以能打赢这场官司，正是因为对整个案件进行了一丝不苟的检验论证。为了证明证人所目击的情报是不可靠的，菲亚顿律师事务所特地成立了一个专门的检证团队。

最终，检证团队证实，要想目击幼童被推落的那一幕，老妇人必须要从房间里探出整个身体；再加上街坊邻居都知道老妇人平时就喜欢说些风言风语，四处抱怨诉苦，足以证明其证词不足取信。身为主辩护人的千纱，不过是将这些证据总结后，在法庭上公之于众罢了。

"不过，这次的判决暴露出了一个更重要的问题。"

"你说的应该不是证人的问题吧？"

千纱点了点头。

"的确，被告的性格问题被大肆报道，让大众产生了被告有罪的刻板印象。我认为这才是真正严峻的问题。被告人田村虽然已经无罪释放，但他仍面临着那些毫无根据的指责，痛斥他为杀人犯的冷言冷语依然环绕左右，让他根本无法回归正常生活。"

"原来如此。你是想说，在世人眼中，无罪并不等同于无辜……是这个意思吗？"

千纱连连点头称是。接着就是几轮走形式的问答，结束之后，记者站起身来。

"感谢你今天的配合，期待你接下来的精彩表现。"

"你客气了。只希望田村先生能不再遭受世人的偏见吧。"

当记者的身影消失在电梯中，千纱全身的力气仿佛都被抽走了。她长长舒了口气，手心里满是汗水。接受采访是来自上司的命令，无法推辞，但她现在的工作早已堆积如山，手上有一起交通事故的答辩文书必须要按时完成，还有一份文书也才刚刚开始起草，工作进度已大幅落后。

"松冈小姐，你现在方便吗？"

站在走廊上的千纱被背后传来的声音叫住。她转身一看，是一位女秘书。

"真山先生叫你过去。他在高级合伙人办公室等你。"

"欸？啊，好的，我知道了。"

千纱的声音中带着些许兴奋。真山先生是律所的高级合伙人，同时也是律所的绝对高层。在一些小型律师事务所，之前被称为老板的律师们最近也开始使用"高级合伙人"这样的称呼了。菲亚顿律师事务所拥有超过两百名律师，麾下更是聚集了业内众多知名律师，可谓人才济济。即便如此，作为高级合伙人的真山先生，也是名副其实的云上之人。

第一章 噩 梦

又要暂时搁置答辩文书和起草工作,这让千纱难免有些心情沉重,但这依旧不是她能拒绝的要求。究竟有什么事情需要真山先生亲自来找自己呢?千纱踩着柔软舒适的地毯,走进了高级合伙人办公室。

"啊,抱歉,麻烦你特意跑一趟。"

一位满头银发、面容深邃的男士向千纱招了招手。这位就是真山健一。曾日复一日踩着最高法院的大理石地板,离司法权的顶峰只差一步之遥的这个男人,此刻却露出了意外柔和的笑容。办公室的装修堪称豪华,但并没有她想象中那么大,反而显得相当实用。

"这是按照最高法院法官的办公室来建造的。啊,快请坐。"真山先生拉过一张椅子,笑着说道。

"稍等一下。"说完这句话他便消失了。

千纱坐下时刻意没有坐得太深,随后又看向了办公室的玻璃窗。玻璃上的她黑色短发刚好及肩,戴着土气的眼镜,再加上身上穿着的黑色西装,让她看起来像是个正在找工作的毕业生,表情也显得有些僵硬。

"抱歉让你久等了。这个很好喝哦。"

真山拿来了咖啡。看上去是他自己泡的。刚才已经喝过一杯了,但此时又不能不喝。真是伤脑筋,不会伤胃吧?不过,或许压力才是最伤胃的。真山往咖啡里倒入了豆奶,用勺子快速搅拌了几下。他的五官足以去当演员,但美中不足的是个子并不算高。

"松冈小姐,你在这里已经工作两年了吧?"

"啊,是的,没错。"

千纱没有读过法学院,而是一边打工一边自学法律。她花了四年时间通过了预备考试,并在两年前正式成为一名律师。

"这是我从西班牙带回来的饼干,不含小麦哦。"

真山咬了一口饼干。他曾在最高法院担任法官,似乎一直坚持着无麸质的饮食习惯。

"啊,很好吃。"

饼干的味道出乎意料地美味。但对于平时经常吃便利店的便当和一些垃圾食品的千纱而言,就像是自己的饮食习惯被批评了一样,感觉浑身都不自在。比起这些,自己究竟是为什么被叫到这里来呢?真希望他能有话快说。

"你才二十九岁对吧?真是不简单。"

真山先生表扬了千纱在幼儿坠楼案中的表现。

"没有没有,我刚才也和记者说过了,这完全是得益于律所提供的优秀检证团队。我其实也没做什么,只是演好了自己分内的角色而已。"

"即便如此,你的表现也很不错。"

真山先生没有继续这个话题,反而托着腮帮子盯着她看。

"你知道的,律师的业务类型非常多元化。有些老一辈的律师比较保守,总是按照'律师应该如何如何'的固有观念行事。而有些同行纯粹就是为了赚钱,真是让人伤脑筋。如

第一章 噩　梦

果想要捍卫人权，单纯的律师工作已经无法满足要求了。就连检察厅也成立了陪审团审判应对小组，不断推进研究。我们这边也必须有所改变了。"

自己只是想帮助那些弱势群体而已。这样简单的念头真的行不通吗？

真山先生年轻时曾担任司法官僚，而后又走上了一条不同的道路。不管怎么说，他的确比千纱更懂得这个世界的规则。在这起案件中，正义已经得到了伸张，而这一切都要归功于真山先生和他麾下的菲亚顿律师事务所的力量。

"想打动陪审团，就必须具备表演的能力。你必须要成为女主角。"

"女主角？按女演员的标准来看，我实在太普通了吧？"

千纱看着玻璃里映照出来的自己，心里默默地嘀咕着，这怎么可能呢？

"那就一点点做出成绩好了。"

真山把准备好的资料递了过来。

"又来了一个案子。是一个更大的案子哦。要不要试试？"

千纱说了声"失礼了"，便开始翻阅资料。一看到目录，她的手便停了下来。资料上赫然写着"绫川事件　再审申请资料"。这是一宗发生在二十一年前的女童绑架杀人案件。犯罪嫌疑人被捕后被判处了无期徒刑，目前正在服刑中。

"你老家就在香川县吧？"

千纱含糊地回了句"嗯"，慢慢抬起了头。千纱来自香川县，她父母现在还在丸龟市经营着一家乌冬面馆。在她小学时发生的这起案件，她至今也没有忘记。被捕的嫌疑人叫作平山聪史，在小学担任勤杂工。但这起案件与之前那起幼儿坠楼案不同，并非冤案，而且应该已经彻底结案了才对。

真山似乎看穿了她的心思，缓缓地点了点头。

"我觉得这个案子值得一做。"

"真山先生，你是说这起案件可能是起冤案？"

"嫌疑人一直坚称自己无罪。这一点应该不能视而不见吧？松冈小姐，我希望你能接手这个案件，你愿意吗？"

菲亚顿律师事务所里有许多经验丰富的律师，在刑事案件方面也不乏能力出众者，为什么偏偏选中了自己呢？千纱很想如此开口询问，但最终还是把这些话咽了下去。真山对这起案子究竟调查到了什么程度，又知道多少内情呢？

"接不接手这起案子，是你的自由。如果觉得自己力有不逮，直接拒绝也没关系。这样的选择反而更显诚实。"

尽管千纱在备受瞩目的幼儿坠楼案中赢得了无罪判决，但现在的她，依旧是个连处理答辩文书都有些手忙脚乱的新手，远远算不上成熟的律师。可真山却选择将这起案件交给自己，背后是否有什么深意？不管怎么样，千纱心里已经有了答案。

"我愿意接手这起案子，请交给我吧。"

听到这话，真山露出了一副意料之中的表情，重重点了点头。

第一章　噩　梦

处理完答辩文书和起草工作后，千纱回到家已经是次日凌晨。

窗外，雨依旧下个不停。

话虽如此，但绫川事件是冤案的可能性……真山的用意自己一无所知，但他并不打算拖泥带水，只给了千纱一个星期的准备时间，并对她说，有任何问题，随时都可以找他帮忙，他会全力支持。

千纱回到了公寓——一栋有自动门禁的女性专用公寓。晚饭只随便吃了几口面包，现在肚子已经饿得不行，但她又担心晚上吃东西会长胖，所以还是决定忍一忍算了。千纱将薰衣草入浴剂放进浴缸，慢慢享受着沐浴时光，之后又趁着身体还暖和，做了一些拉伸运动，这才钻进了被窝。

身体已疲惫不堪，可她的大脑依然无比清醒。

卧室里放着香薰蜡烛，床头柜上放着能量石，千纱准备好了所有助眠工具，但依然无法入睡。她知道原因。是因为接手了那个案子。

千纱拿出了前几天在精神科拿到的药，盯着看了好一会儿。医生曾解释过，这种药并不是弱化大脑机能令人入睡，而是增强自身的困倦感，副作用较小。但医生也提醒了她，这种安眠药物有时会导致噩梦。千纱犹豫到最后，还是放弃了服药的打算，裹紧了被子。

已是凌晨三点，千纱还是睡不着。

上次因为太困差点从地铁站台摔下去。自己的失眠已经成为一种慢性疾病，让眼睛也总是处于充血状态，黑眼圈重到每天早上都得用遮瑕膏遮住。在这种状态下，她说不定哪天还会倒下。思前想后，千纱拿起药箱，心中默默祈祷。

希望不要再做那个噩梦了，那个可怕的怪物千万不要再来找我了。

2

千纱俯视着波光粼粼的濑户内海，摊开了手中的案件资料。

在快速列车"Marine Liner"上，千纱拿着真山给她的案件资料，解开了文件袋上的绳扣。这起案件发生在二十一年前，案发地点是离她老家丸龟市不远的绫川町。

受害者名叫池村明穗，当时年仅七岁。资料中附有小女孩的照片，她梳着双丸子头，嘴巴微微噘起，显得十分可爱。这张照片经常被新闻报道引用，是关于此案最著名的一张照片。她的发型与当时极为流行的某个动漫角色一模一样，不禁让人生出几分时代变迁之感。看着照片，千纱总觉得自己与她有些相像。

这个柔弱的女孩被人用吊带背心塞住了嘴巴，导致窒息而死。真是一桩惨绝人寰的案件。平山的车内发现了池村明穗遗留的毛发，并且在审讯阶段，平山曾亲口认罪。虽然在

第一章 噩 梦

公审时他又当庭翻供,但仍被判处无期徒刑。仅从资料来看,平山无疑就是凶手。

案发当天,池村明穗回家后发现忘带素描本,于是在下午五点左右,她再次返回学校。班主任老师和教导主任等人的证词显示,这个时间点是毫无疑问的。而从池村明穗的家步行到学校,大约需要十分钟。

到了下午六点,她迟迟未归。于是她的母亲沿着去学校的路一路寻找,并在学校附近的水沟旁发现了被草丛遮掩的素描本。她的母亲一开始以为明穗是掉进了河里,便带着爷爷奶奶等人在附近四处寻找。可明穗却好似凭空消失了一般。

将近晚上七点时,他们联系了警方。除了明穗所在学校的教师和职员外,消防队员及其他学校的教职工也全部动员了起来,开始一起寻找明穗的下落。而就在此时,学校的勤杂工平山却突然联系不上了。经过调查,他家就在学校附近,但当时他的车并没有停在家里,而是去了其他地方。

次日,在草木茂密高耸的绫川河畔发现了明穗的尸体。她的遗体上明显存在遭受强奸的迹象,而且是被人用吊带背心堵塞住口腔,窒息死亡后惨遭抛尸。尽管尸体上没有发现体液,但经过司法解剖后可以确定,明穗死亡时间大约是在遭受绑架的当天傍晚六点到八点之间。

在绫川一案中,平山极力否认自己的罪行,但他车内遗留的明穗的毛发仍是无法辩驳的证据。平山在初期审讯中也曾亲口认罪,并在现场勘查中指出了遗体的发现地点。根据案件的情况，日本律师联合会也认为这并非冤案。

光是读这些资料，千纱就感到心情一阵沉重。她合上资料，凝视着坐落在濑户内海的群岛。

不久，列车的运行速度逐渐放缓，已然进入了四国地区。此起彼伏的山峦如饭团般接连跃入眼帘，是人称"赞岐富士山"的饭野山。赞岐平原上小山、水塘随处可见。终于回来了。这样一想，千纱沉郁的心绪也松缓了不少。

在坂出站换乘后，千纱从丸龟站走了出来。尽管没有下雨，天空却阴云密布。

丸龟城吸引了她的目光。市政府和法院就在车站附近，偶尔可以看到一些商务人士的身影。千纱深深吸了一口气，心中感慨，自己离家前往东京已经十一年了。

这时，一辆红色的车停在了她面前，一位女性从驾驶座下车走了过来。

"请问是松冈律师吗？"

"是的。你是？"

"啊，我是香川第二法律事务所的穴吹英子。我担心你可能找不到我们事务所，所以就来接你了。"

"非常感谢，初次见面，承蒙关照了。"

"我接你去事务所。"

千纱道谢后，坐上了副驾驶座。

"松冈律师，你真是年轻得让我吓一跳呢。"

"除了年轻可以说是一无是处。"

第一章　噩　梦

之后，穴吹开始给千纱介绍事务所的一些情况。千纱感觉她是个很不错的人，也就稍稍放下心来。

香川第二法律事务所位于丸龟市的一栋楼房中。

这是一栋建于昭和年代的白色钢筋混凝土住宅楼，外表破旧不堪，墙上甚至有了细密的裂缝。玻璃窗上用白色胶带拼贴出了"香川第二法律事务所"的字样。名字听起来很气派，但实际上并不是什么大型律师事务所。

自动门艰难地打开了。隔断的屏风上贴满了帮助退还过缴款项的广告，而对面则是一张比记忆中更显老的脸庞。庞大的身躯之上承载着一张小小的脸。那人正低着头用笔掏耳朵，似乎正忙着写诉状。

"好久不见了，熊。"

千纱打了招呼后，熊弘树律师像小动物似的四处张望，直到千纱用力地挥了挥手，熊才终于注意到她。

"这不是千纱嘛！"

熊用皱巴巴的笑容迎接了她。

"真没想到你会来。听说你打赢了幼儿坠楼案那起官司，真是太了不起了，感觉你已经变成了高高在上的大人物咯。"

"哪有，我其实什么也没……"

"各位各位，松冈律师大驾光临了哦！"

熊喊了一声之后，事务所里响起了稀稀落落的礼炮声。"欢迎松冈律师"的条幅和当时宣判无罪时一模一样。

"本想好好招待一下你，没想到你来得这么早。"

完全无罪

在熊律师之后，律所的人们纷纷热情地欢迎着千纱的到来，甚至还有些年轻的工作人员对千纱说着"请跟我握个手""帮我签个名吧"之类的话。

办公室里挂着一张老人的照片，照片前供奉着香川特产炙馒头。老人满面笑容，微微有些龅牙，神态随性，看起来像个漫才艺人。

香川第二法律事务所就是由千纱面前的这位吉田九十郎律师创办的。已故的吉田律师就是平山当时的辩护律师，所以她才来此寻求帮助。她只是暂时待在这边一段时间，却受到了意料之外的热烈欢迎，这让她不禁有些不好意思。

随后，一位中年男士忽然走进了事务所。

"熊律师，我刚刚去了善通寺参拜，顺便带了些伴手礼回来。"

据说在一场民事诉讼中，熊律师帮了他很大的忙，这个中年男人从袋里拿出了许多点心放在桌子上。这是一种叫作石面包的点心。

"这可是行贿哦。"事务所的工作人员笑着围住了熊律师的办公桌。

"哇，这么多呀，就算是我也吃不完呐！"

"怎么，你还打算吃独食啊？"一个工作人员吐槽道，大家一齐笑了起来。

熊和千纱就读于同一所小学，熊比她年长五岁，而且很善于照顾他人。在小学大家一起结伴上学时，他还担任了领

第一章　噩　梦

队。千纱还记得大家亲切地叫他"阿熊"或"小熊"的样子。

接下来，千纱向熊询问了案件的详细情况，并拜托熊开车送她到家附近。在千纱曾就读的那所小学，大家都称熊为建校以来绝无仅有的天才。他原本立志成为法官，但在司法培训期间，他意识到自己并不适合这项工作。

"十岁是神童，十五岁还能称才子，过了二十岁还是这样的话，顶多就是个普通人啦。像千纱你这样真正了不起的人才，都是成年之后才崭露头角的。"

"哪有这回事，我觉得熊你才了不起呢。"

"反正我觉得现在这样就挺好的。像菲亚顿那种大型事务所，要和一堆聪明人明争暗斗，我肯定是不行的。到时候肯定胃也痛得不行，头发也大把大把地掉。"

千纱微微一笑。

"这里真是个不错的事务所。"

"确实，不过怎么说呢，搞得都不太像是法律事务所了。"熊含糊地答道。

虽然都是法律事务所，但氛围却大相径庭。菲亚顿拥有庞大的判例解析资料，办公室也按功能进行划分，每个律师都有自己独立的工作区，资料库的检搜系统也极其完备。律师、事务员和各个领域的专家济济一堂，甚至还有许多人千纱到现在连名字都不知道。反观香川第二法律事务所，感觉就像在自己家一样，作为本地的法律咨询场所，似乎什么事情都可以跟他们商量。

完全无罪

"话说回来,关于再审这事儿,你打算怎么做?"熊握着方向盘,开口问道。

"先见见平山聪史。"

在大学时期,千纱曾作为志愿者参与过平反冤案的活动。活动由多位律师联名,并且明确划分了各自职责。在漫长的斗争之下,终于在地方法院获得了再审机会。尽管自己在其中并没有做出什么实际性贡献,但当时的那份兴奋感至今仍让她记忆犹新。

然而,这次绫川事件却完全无法让千纱生出之前那般的热情。

顺便一提,千纱作为志愿者呼吁平反的那起案件,一开始就有很大可能是个冤案。即便如此,检方还是对高等法院提出了即刻上诉,被高等法院驳回后,又经历了重重波折案件才得以再审,并最终赢得了无罪判决。可在这漫长的过程中,被告人因病去世,没能亲耳听到无罪判决的消息。想在再审中获得无罪判决,无疑是难如登天。

千纱在邮局前开口了。

"啊,到这里就可以了。"

停车后,熊面带担忧地看向千纱。

"我没跟事务所的人提起那件事,但千纱,你当时的遭遇……真的要接手这起案子吗?"

千纱低下了头,随即脸上又露出微笑。

"嗯,我已经决定了,我想接手这个案子。"

第一章　噩　梦

"好吧。觉得难受的话可以跟我聊聊的，不要勉强自己。"

千纱说了句谢谢，便与熊分开了。

丸龟市郊外一家叫作月园的乌冬面馆，仍然灯火通明。平日里刚到傍晚，这家店就要打烊了，但今天似乎是个例外。

时隔一年终于要回家了，千纱已经提前跟父母说过，可不知怎么的，她没有立刻进店，而是站在门外向店里张望。店面谈不上宽敞，里面基本上都是些老顾客和附近的邻居。母亲忙着为客人点单，父亲则单手拿着长筷煮乌冬面。

"这是干啥呢？"

突如其来的带有赞岐口音的问候让千纱吓了一跳。她连忙回头看去，站在身后的是两个非常眼熟的中年男子。或许是刚下班的缘故，两人身上还穿着工作服，脸上满是惊讶之色。

"是千纱吧？"

被认出后，千纱下意识地点了点头。

"我就说是你嘛。哎呀，你真是太厉害了，之前还上新闻了呢！"

还没等千纱回答，另一个头上缠着头巾的男人就开口道："是不是觉得回家虽然很开心，但不知道什么时候进去才不尴尬呀？你的心情大家都能理解的啦。好了，别想太多，快进去吧！"

千纱就这样半推半就地走了进去。

"欢迎光临。"父亲粗犷的声音中夹杂着母亲低哑的招呼声。

"老板，千纱凯旋啰！"

缠着头巾的男人的声音引起了店内客人们的注意，大家纷纷转过头来看着千纱。在片刻的沉默之后，母亲微笑着说了句"欢迎回来"，又空了一拍，然后是响彻屋内的掌声和欢呼声。

"欢迎回来，千纱！"

"喔喔，大律师荣归故里了！"

"千纱，你都成独当一面的大人了呢！"

一个戴着眼镜的客人大喊道："今天要好好庆祝一下！"然后点了一大堆啤酒。店里客人络绎不绝，似乎是因为父亲向客人们吹嘘今天千纱要回来。

"要是请千纱帮忙打官司，我欠的一屁股债是不是就一笔勾销了？"

"你这家伙，这种事当然不行了！"

久别重逢的街坊邻居们似乎都老了不少，但还是和小时候一样热情温暖。还有一些原本只存在于小学时代的记忆中的人们再次出现在了眼前，让千纱不禁大吃一惊：怎么大家都长这么大了？

"啊呀，恰够了，该返家啦！"

晚上十点，热热闹闹的客人们渐渐散去了。顺带一提，"恰够了"是赞岐方言里吃饱了的意思，而"返家"就是指回家。听到这些，千纱才感觉到自己是真的回家了。

第一章　噩　梦

小小的庆祝仪式结束了。

已经忘了上次在店里洗碗是多少年前的事情了，千纱洗着碗，忽然看见母亲笑着看向她，脸上的皱纹清晰可见。

"让你等到这么晚真是不好意思哦。明天也要工作吗？"

"嗯，不过没事儿，感觉还蛮开心的嘞。"

或许是回家后彻底放松了下来，千纱不由自主地说起了久违的家乡方言。

千纱摆好盘子，往水槽里撒了些小苏打，摘下了围裙。总之今天的工作就先告一段落了。

"还有些情况需要调查。大概会待一个星期吧。不过估计之后还要回来几次呢。"

"工作好辛苦哦，真的没问题吗？啊，对不起，我答应过你不谈工作的。"

"谢谢妈妈关心啦，我没事的。"

"只要你平安无事就好。"

千纱轻轻点了点头。父亲正继续默默地准备着高汤。父亲平时总是沉默寡言，但她听店里的客人说，父亲总是把她的事放在第一位。千纱轻声说了一句"我回来了"，父亲没有回头，只轻声回了句"欢迎回来"。

往店更里面走，是摆放着祖父母灵位的佛坛，千纱也对他们说了句"我回来了"，然后回到了二楼自己的房间。书桌上摆着凯蒂猫的周边和几只可爱的动物玩偶，还有小时候睡觉前父母给她读的绘本和漫画，全都原模原样地放着，没有丝毫改变。

她再次觉得，回到家真是太好了。整个人似乎完全放松了下来。律师分布同样存在着地方差距，对于千纱而言，比起菲亚顿这种都市大型律所，她更想为偏远地区中那些遇到困难的人伸出援手。

千纱想着，总有一天我会回来的，钻进了被窝。被子似乎刚刚晒过，散发出太阳的温暖味道。说起来，家里晒被子的任务一直是交给父亲负责的。真是谢谢父亲了，千纱在心里默默嘟哝了一句。明天终于要和平山会面了。现在要做的，就是全力以赴投入到眼前这起案子之中。

千纱借用了家里的小型汽车，握住方向盘，朝目的地驶去。

阴云密布的天空，时隔许久的开车出行，一开始千纱本想去平山的老家看看，但房子早已被拆除，变成了一片空地。平山家原本是僧侣世家，直到祖父那一代开始卖起了豆腐。平山的父母在他工作后不久就去世了。他还有一个妹妹，名叫佳澄，听说她因为哥哥的罪行大受打击，最终选择了自杀。

千纱在商场买了一些花，向小学方向开去。池村明穗曾就读的绫川小学当时才新建成不久，如今却已陈旧斑驳。正是体育课的时间，穿着运动服的孩子们在和老师一起玩着躲避球游戏。

沿着流经此地的小河，千纱缓缓北上。

第一章　噩　梦

在小桥旁，河畔的洼地上立着一座地藏像，四周摆放着鲜花。千纱停下车，沿着坡岸，朝着地藏像走去。既然接手了绫川事件这起案子，就必须亲自来这里一趟。

这里正是池村明穗遗体被发现的地方。千纱献上鲜花，双手合十默默祈祷，脑海中不断想着池村明穗案的案情经过。光是想象，千纱就不禁泪流满面。

她一定很害怕，很痛苦吧……怎么会有这么残忍的事情发生呢？她明明什么都没有做错，只是想要画自己喜欢的画，去学校取自己的素描本而已。可此刻千纱能做的，也只有为她祈祷了。

过了一会儿，千纱站起身来。时间差不多了，该去和平山见面了。

她经由高速公路驶过濑户内海，进入本州范围内，来到了冈山市区。穿过市区，继续向前，映入眼帘的就是被群山掩映着的冈山监狱。

冈山监狱隶属于广岛矫正管区，是一座容纳了一千多名囚犯的大型监狱。这里关押的多是"满足 LA 标准的犯人"，即刑期超过十年且无进一步犯罪倾向者。令人意外的是，这样的监狱在全国范围内并不多，平山被判处无期徒刑，但又是初犯，自然也就被关押在了冈山监狱。

"啊，是律师对吧。请在这里登记一下。"

会面申请已经通过，千纱将车停在监狱的停车场，办完手续后，在狱警的引导下，前往会面室。

虽然之前曾经在警察局会见过几次犯人，但在监狱里还是第一次。不同于与朋友或亲属的会面，律师与犯人会面时，狱警并不会在旁陪同。隔开她与平山的，只有一块有着无数小孔的透明亚克力板。

不一会儿，从对面的小房间里走进来一个肤色苍白的男子。平山剃着寸头，白发参差。他的眼睑耷拉着，显得毫无精神，面容呆滞而平淡。照片里的平山留着邋遢的胡子，一看就像是犯罪者，但亲眼一见，也不过是个普通的中年男子罢了。

在这个封闭空间里，只有他和千纱两个人。这一理所当然的事实她却像刚刚得知一样。恐惧逐渐在她身上蔓延、缠紧，令她动弹不得。她想开口，却一句话也说不出来。这时，她忽然看到了告知会面结束的按铃。

不行，至少要笑一笑。千纱想着这些，努力想要挤出笑容，但那笑容像是冻结的冰雪蔷薇，僵硬而不自然。无论他怎么坚持自己是冤枉的，现在也仍是一个因绑架并杀害了无辜女童而被关进监狱的男人。而且，恐怕他……

我究竟在做什么？我为什么要来这里？不，归根结底，我到底是为了什么才成为律师的？

平山一脸不解地看着她。千纱知道这样下去肯定不行，于是用鞋跟狠狠地踢了一下自己。好痛。但疼痛让她终于能够顺利开口了。

"我是菲亚顿律师事务所的松冈千纱，是来帮你推进案件

第一章 噩 梦

重审的,请多关照。"

平山的眼神略显困倦,但还是立刻点头致意。

"请多指教。"

是个看上去很老实的男人。这就是平山给她的第一印象。

"在我们正式开始推动案件重审之前,有一些问题我想确认一下。"

平山没有说话,只是点了点头。

"那我就直入主题了。"

千纱死死地盯着平山。

"平山先生,你当年绑架并杀害了池村明穗,对吗?"

平山几乎没有什么表情变化,淡淡地回答了句:"我没有。"千纱没有用测谎仪,仅凭他的反应也看不出什么,但她依然想确认一下这个问题。

"有传言说你曾经偷拍过别人,这是真的吗?"

"这完全是毫无根据的谣言。"

"明白了,我会申请无罪辩护的。为了确切地掌握案件真相,我必须要向你询问各种各样的问题。当然,光是我一面倒地向你提问未免有些不公平。所以,我先向你讲讲我自己的情况。"

为了拉近自己与被告之间的距离,千纱开始讲起了自己的故事。

"小时候,我的成绩并不怎么好。上了大学后,我想要为弱势群体做点什么,所以才决心成为律师。毕业之后我反而

完全无罪

学得更拼命了。"

平山支着下巴,并没有出声附和,像是个听着无聊课堂的学生。

"平山先生为什么想在学校工作呢?"

"没有什么特别的原因,只是因为当时也没得选。"

平山解释道,他的父亲当时在学校担任老师,他是通过父亲的关系进入学校工作的。而他参加工作之后,父母相继去世。在事件发生时,他与妹妹相依为命。

"你喜欢在学校当勤杂工这份工作吗?"

"还好,也没什么喜欢不喜欢的。"

千纱了解到,平山的工作态度很是普通——从来不无故旷工,但也不会特别积极地做些什么。只是曾有传言说他偷窥泳池的更衣室,还有人曾经向警方举报他偷拍,说他是个恋童癖。但真相如何,也无人知晓。学校的教职工给他的评价是,这是个不知道在想些什么的男人。

刑警的看法不难得知。除了池村明穗案之外,这一带还发生了另外两起女童失踪事件,平山表示,警方怀疑其中一件也是他干的。他在池村明穗所在的小学担任勤杂工,又遭人指控是个恋童癖,并且在明穗的推定死亡时间内行踪不明……种种线索让平山身上的嫌疑越来越大。

"让我们回到案件本身。这起案件发生时,平山先生你在做什么呢?"

"我在开车兜风。"平山叹了口气,回答道。千纱默默地

第一章　噩　梦

点了点头。在供述笔录中，平山曾承认犯下了绑架杀人的罪行，却又在法庭上当庭翻供，声称自己当时只是在兜风，可仅凭这一证词完全无法构成不在场证明。

像这样公式化的问答环节又进行了一会儿，会面时间要结束了。

"松冈律师，你要替我辩护，我很高兴，但老实说，情况应该不容乐观吧？"

"别这么说，我们先一起加油吧。"

"哎，反正再等个十几年或许就能出去了，在此之前，只能继续等待了。"

判处无期徒刑的犯人能否出狱，主要看是否有保证人。但就近年的数据来看，起码要先服刑三十年以上，再进行严格的审批后才有可能获得假释的机会，之后余生都要在保护司的监护下生活。千纱向他保证，接下来还会再来这里几趟，辩护活动现在才刚刚开始，然后按响了会面结束的铃声。

"可我还能活到那个时候吗？"

平山说完这句话便转身离去了。他今年刚刚四十六岁，却显得格外衰弱。千纱鼓励他道："让我们再努力一次吧！"但平山似乎并没有听见。

实际会面之后，平山给人的印象似乎就是一个普通的老实男人。

不过，千纱从未与凶恶的杀人犯面对面交谈过，所以也无从比较。从平山身上，千纱感到最强烈的情绪就是"自暴自弃"。平山似乎从根本上被"放弃"这一情绪支配。尽管如此，单凭这一点也无法确认他究竟有没有杀人。

天色渐晚，千纱回到了家里开的乌冬面馆月园。

"啊，欢迎回来。"

自己开车回来让千纱感觉疲惫不堪。按照约定，如果这一周内有所进展，就可以自行延长出差时间；但如果没有进展，那这次的调查就先告一段落。今天才第一天，但以目前的情况来看，恐怕很难有什么进展。洗完澡后，她开始回想起调查中发现的线索。

如果可以的话，她想把作为罪证的毛发重新进行DNA鉴定。当时引进的MCT118型DNA检测法可信度存疑。从平山的车内发现的所谓池村明穗的毛发真的属于她吗？不过，没有充分的理由，要求重新进行DNA鉴定几乎是不可能的。

既然如此，那认罪这个角度呢？

平山被认定为有罪的另一个理由就是他在审讯阶段曾亲口认罪。平山在审讯的第十二天选择了认罪，随后警察带他指认现场时他也明确指出了抛尸地点。此举无疑意味着"真相大白"，对有罪指控产生了巨大的影响。然而，平山选择认罪之前的这段过程或许存在疑点。能否从这一环节着手呢？

以此作为突破口，推动DNA进行重新鉴定，从而证明这些毛发并非属于池村明穗。摆在面前的，似乎只有这一条路了。而这必须闯过的重重关卡，究竟还需要多少年才能赢得

第一章 噩 梦

无罪判决呢？艰难……实在是太难了。这才第一天，千纱却已经产生了触上暗礁的无力感。

躺上床后，困意随之袭来。

不仅是因为疲劳，更因为家里的氛围让她格外安心。心情放松下来后，不需要吃安眠药也能很快入睡，千纱坠入了沉沉的睡梦之中。

那晚，她做了个梦。

千纱仰面躺着，看着天花板。

这里是哪儿……我怎么会睡在这儿？不知道发生了什么，但绝不能继续待在这里。她的内心充满了不安，赶紧从床上爬了起来。

就在身旁不远，传来了一个女孩的悲鸣。果然如此，绝对不能待在这里。会被杀掉的。这里有怪物。

千纱逃出了这栋房子，在山路上狂奔。

背后传来了声响。当她回头时，看到了一只有着硕大的眼睛和嘴巴的怪物，鼻子如同西洋剑般尖锐，粗直的眉毛如钢铁般高高竖起。那张血盆大口里露出了两根比山羊角还大的獠牙，口水如瀑布般倾泻而出。千纱拼命跑着。救命！

"千纱！千纱！"

听到这句呼喊，她才终于睁开了眼睛。母亲正一脸担心地低头看着她，站在房门阴影之中的父亲也露出了担忧的神色。

"果然还没恢复。"

她浑身都被汗水浸湿。又做了那个梦吗？睡在另一个房间的父母都跑了过来，恐怕是她在梦中发出了尖叫。今天她没有吃药，又是在最让她安心的家里。尽管如此，那噩梦还是来了……难道无论过去多久，她都无法摆脱这场噩梦吗？

千纱用双手捂住了满是汗水的脸。

有森义男翻阅着车祸事故的资料，打了个哈欠。

透过窗户，他看到一只长着黄色鸟喙的鸟儿正在一棵大树上筑巢。花鸟风月，都是人间雅事。以前他对这种鸟毫无兴趣，现在却觉得饶有趣味。他还和朋友们约好了，下次一起去金比罗山观鸟，这可是破天荒头一次。

在这个退休金领取年龄不断延后的时代，大家都对他说，当警察真好啊。

的确，与其他行业相比，警察退休后仍有很多工作机会。他有个同事在警务部工作了很长时间，也没做出什么成绩，但退休后还能去医院工作，日子过得相当悠闲。然而，有森现在却在一家民间的受害者援助中心工作。由于是志愿服务，所以并没有工资。

有森刚把资料放在桌子上，立刻就响起了敲门声。

"请进。"

第一章 噩 梦

进来的是一对四十岁左右的夫妇。丈夫搀扶着妻子慢慢走了进来,坐在椅子上。

资料显示,这对夫妇还在上小学的儿子在交通事故中丧生。肇事男子是酒后驾驶,因危险驾驶致死伤罪被判入狱。

有森端起小茶壶,倒好茶递了过去。

"今年的冬天很冷,不过最近似乎变暖和了些呢。"

就像从前在审讯室对嫌疑人一样,他总会选择从一些无关紧要的对话开始。妻子低头不语,而丈夫则开始讲述事件的经过。

"……事情就是这样,儿子在去学校泳池的路上,被一辆卡车撞死了。哪怕已经过去快一年了,我还是不敢相信这是真的。"

"真是令人痛心。"

有森一边表示同情,一边倾听着他们的叙述。

"一开始,那个男的说是我儿子突然冲出来的。但多亏了警方的认真调查,才得知我儿子并没有任何过失,同时对方还被查出酒驾。然后这家伙突然就变老实了。"

丈夫说得咬牙切齿。即便收到了对方的道歉信,他也依然无法释怀。不仅如此,收到这封信时,他大怒道:"事到如今说这些还有什么用!"直接撕了个稀巴烂。

"我绝对不会原谅那家伙!"

有森深深点头,丈夫又补了一句:"绝对不。"

话罢他抹了抹眼角。一直低头不语的妻子,这时也终于抬起头望向了有森。

"事故当天，我儿子说头有些痛，但还是决定去泳池。我问他，不是身体不舒服吗？要不今天先不去了？可他一直说没关系，就是想在这个暑假能游到二十五米……"

话还没说完，妻子就忍不住崩溃大哭。丈夫轻轻地拍着她的背。看到这一幕，有森感到格外伤感。在三十三年前，他也因交通事故失去了自己的女儿。他的心情与这对夫妻是一样的。时至今日，他依然忘不掉那一天。

"哪怕是现在，我也总是想着，要是那天我强硬一点，让他不要去了，是不是就不会发生这样的事了呢。"

这并不是你的错。用这句话去安慰他们并非难事，但也无法轻易消除夫妻俩内心的痛苦。有森尽力倾听，并向他们介绍了一个交通事故受害者的互助小组。

"谢谢你。"

聊了一个小时后，夫妇俩离开了咨询室。

有森常常想，自己能否说出更具帮助的话呢？对援助人员进行培训时反复强调的站在对方立场倾听的重要性，自己是否做到了呢？令他欣慰的是，许多来咨询的人都非常感激他，或许正因为他自己的女儿也是因交通事故离世，所以才能与这些人感同身受吧。帮助这些怀着同样痛苦的人们，他自己也得到了某种程度的安慰。

在受害者团体的努力下，从十几年前开始，受害者援助的重要性逐渐为社会所认同。这家受害者援助中心也是其中

第一章　噩　梦

一环。

那天直到下班为止,他一直在为犯罪受害者提供咨询。

"有森先生,真是辛苦你了。"

"哦,阿勉啊,改天去喝一杯吧。"

不知不觉间,他和大楼的保安已经成了熟识的朋友。

一直干到了退休,他的警衔也只是个"警部"。但这段平凡的刑警生涯并没有给他留下什么遗憾。他获得了不少后辈的敬重,现在的生活也很充实。

有森现在没有家人。唯一让他牵挂的,是一位受害人家属。尽管罪犯已被捕入狱,但她内心的伤痛却久久无法痊愈。

当他走向停车场时,一位五十多岁的女性正盯着树上看。

"是鹡鸰吗?"有森开口问道。那位女性转过身,微微一笑。

"不是哦,是银喉长尾山雀。"

又猜错了。不过其实一开始他就没打算猜对,而是更期待她能露出笑容。

他们第一次见面是在二十多年前,一个刑警和一位受害人家属,真是最糟糕的搭配。

"有森先生怎么都记不住小鸟的名字呢。"

"是啊……这次退休警察聚会上,他们还邀请我去金比罗山观鸟呢。不过我这种水平,真是不妙啊。如果是夜探鼹鼠之类的活动的话,我倒勉强能跟上。"

其实有森对鸟类毫无兴趣,而是在这二十一年间,不断地和池村敏惠沟通,才逐渐有所了解的。她背负着一生也无法愈合的伤痛。为了让她不至于走上自杀这条路,有森想稍稍缓解她内心的痛苦。

尽管有着共同的话题,可两人都不太擅长聊天,对话时常中断。可即使在这些沉默的空隙中,依然弥漫着某种柔和的气氛。

"那么,再见了。"

"嗯,再见。"

离开援助中心后,有森朝家里走去。外面已是一片漆黑。

池村敏惠在二十一年前失去了她的女儿。当时她七岁的女儿明穗说要回学校去取忘在那里的素描本,然后就再也没能回来。

当时的绫川署成立了搜查中心,赌上了警察的威信调查这起案件。有森作为搜查一课的刑警,与刑警今井琢也一起加入这起案件的侦查。很快,他们将注意力集中在了平山聪史这个勤杂工的身上。

在绫川小学曾多次发生内衣、泳衣、体操服失窃事件,在学生和监护人之间还流传着平山喜欢偷拍的传言;而且就在不久前,其他地方也发生了两起女童失踪案件,其中一起案件有目击证人表示见过平山。根据这些线索,搜查中心迅速把平山列为嫌疑人。

被逮捕之后,平山一直坚决否认罪行。公设辩护人是本地一位上了年纪的律师,他反复申请取消羁押,要求保释,

第一章 噩 梦

但显然没有得到采纳。不久后，平山认罪了。

虽然在法庭上他又当庭翻供，但法官根本没有采信他的申诉。平山最终被判处无期徒刑。考虑到案件的残忍以及被害人家属的痛苦，平山被判处死刑都不足为奇，可由于被害人只有一人，且没有勒索赎金的行为，很难判处死刑。

当时的敏惠已经三十七岁。她很早结婚，但一直怀不上孩子，好不容易才有了这个独生女。惨案发生时，她的丈夫已经年过五旬，遭此打击后，没过几年便溘然离世了。

敏惠对于自己没陪女儿一起去取素描本一事悔恨不已，并曾试图自杀。她在割腕时被及时发现，有森立刻将她送往了医院。他记得在医院里，敏惠在他面前崩溃了，大喊着"为什么不让我去死！"

此后，敏惠加入了受害者家属团体，为严惩加害者四处奔走活动。但从几年前起，她开始在这家受害者援助中心工作。当有森还是个刑警时，他就觉得自己有责任去照顾她。应该如何去使用上天赐予的生命，如何才算幸福，这些都是因人而异的。或许劝别人不要寻死只是多管闲事，但他还是希望她能活下去。

有森在超市买了些熟食。每天的晚餐都只有他孤身一人。他选择了高松市郊外的一个小房子作为终老之地，这里四周都是田园风光，时不时还能听到斑鸠啼鸣。他说了声"我回来了"，走进空无一人的家。

除了买的熟食，他还拿出了些腌萝卜，用刀切成细丝，

完全无罪

在平底锅里翻炒一下，这就是他最喜欢也是唯一会做的菜。有森感觉不知不觉间自己已经适应了这样的生活。已近古稀之年的他，身体日渐衰弱，这样固定的生活节奏或许会一直持续到他与世长辞的那一天吧。

他漫不经心地看着录好的世界珍稀野鸟节目，突然手机响了，显示的名字是"濑户口规夫"。濑户口曾担任过检察长，有森现在的这份工作也是他介绍的。他正准备接电话，电话那头却突然挂断了，于是有森又打了回去。

"啊，是有森先生吗？"

濑户口很快便接了电话。

"不好意思啊，刚才一下子就挂了。你现在忙吗？"

"不忙，随便看看野鸟节目而已。"

和敏惠一样，有森和濑户口相识也有二十一年了。绫川事件发生时，濑户口正在高松市地方检察厅担任三席检事[①]，重要案件几乎全都由他处理。虽然他总是一副对升迁毫无兴趣的样子，还常自嘲"我又不是红砖派[②]"，但最终还是当上了检察长，足见其人之高深莫测。

可无论如何，当年在绫川事件中，濑户口是个非常有热

---

① 三席检事多设立于中小规模检察厅，地位仅次于检事正及次席检事。
② 日本法务省和检察厅的派阀之一。检察厅将长期负责搜查及判案的检察官称为"现场派"，而在法务省长期担任行政工作的则称为"红砖派"，因为原法务省总部的外墙由红砖筑就，故得此名。

第一章 噩 梦

情的检察官。他秉承现场主义，展现出了为正义不惜此身的气概。

"援助中心的工作怎么样？天天待在办公室，身子都钝了吧？"

"哎呀，这不是年纪大了嘛，老往外跑容易给别人添麻烦。"

"咱俩都老了啊。"

如果只是聊这些日常闲话，濑户口是不会打电话来的。眼下的闲谈，反而表示他有重要的话正引而不发。

"话说回来，濑户口先生你找我有什么事情吗？如果有什么我能帮忙的，但说无妨。"

"也不是什么十万火急的事……只是觉得先告诉你一声，让你有个心理准备比较好。"

"发生什么事了？"

有森这么一催，濑户口反而陷入了沉默。电视里传来的野鸟叫声实在是吵得不行，有森赶紧把电视调成了静音。

"关于绫川事件，据说可能会申请再审。"

有森的眉头皱了起来。

"申请再审？事到如今？"

那起案件当时由一位资深律师负责，是个固守人权思想的老头子，听说前不久刚刚去世。

"真山健一开始推动绫川事件再审了。"

有森沉默着握紧了手机。与那个满脑子理想主义的老头不同，真山是一个理性的现实主义者。他要动手了？他是不是掌握了什么新线索？濑户口现在任职于菲亚顿律师事务所，这些信息应该是确凿无疑的。

"有森先生，今井现在怎么样？"

"我听说他都一把年纪了，还整天打扮得像个牛郎似的四处鬼混。不过这都是很久之前听说的了，他现在的情况我也不太清楚。"

当年的绫川事件，正是有森和今井这两位刑警携手行动，成功让平山落网。

"是吗？算了，那家伙倒没什么问题，我担心的是你，有森先生。"

听濑户口这么一说，有森顿时有些不悦，连忙追问原因。

"让你不高兴了吗？抱歉。我并不是怀疑你的能力。之所以担心，是因为你和那家伙不一样，你是个好人。今井那种家伙，绝对不会说任何不利于自己的话。但你始终心怀正义，所以……"

原来如此，有森终于明白了濑户口的意思。他担心有森被追问后露出马脚，所以才特意打电话提醒。

"濑户口先生，你担心的那种情况是不可能发生的。"

有森打断了他的话，濑户口一时语塞。

"我什么都不会说的。更何况，本就是平山杀了池村明穗。"

"我明白了。总之情况就是这样，你心里有准备就行。"

第一章　噩　梦

电话挂断后，有森把手机放在桌子上，缓缓坐到了沙发上。时间过得真快。在绫川事件中遇害的池村明穗要是还活着的话，今年也快三十岁了。

他觉得自己的刑警生涯是非常幸运的。唯一称得上是污点的，就是在绫川事件中的审讯手段。

尽管如此，他依然坚信平山就是杀害了池村明穗的凶手。即便调查过程中存在一些问题，但真相是不会改变的。事到如今，如果案件真的重新审理，万一平山这次被判无罪，真的会有人因此高兴吗？最先浮现在他眼前的，是池村敏惠的脸。决不能再让她陷入悲痛之中。没错，即便濑户口没有向他叮嘱，这个秘密他也会带进坟墓。

电视画面上，不知姓名的野鸟们，依然在无声地啼鸣。

在红绿灯前停下时，千纱抬起头，看了眼后视镜。

稍微移开眼镜，就看到眼白部分布满血丝。她朝窗外看了看，打了个大大的哈欠，想让大脑多吸收些氧气。不过她打哈欠的样子刚好被停在旁边的卡车司机大叔看到了。

可她没时间去在意这些。这四天来，她只有在第一天睡得稍微好些，现在的她已经严重缺乏睡眠。明明回到了老家，她却依旧无法入睡。那些恐怖的噩梦总是让她不断醒来。不行了，不能再想这些事情。必须要把注意力集中到工作上……

手机响起。

千纱把车靠边停下，看了眼手机屏幕。来电的是香川第二法律事务所的熊。

"千纱，你那边情况怎么样？"

"毫无进展。"

"这样吗？果然，我们这边也是一样。"

这四天里，千纱一直在调查绫川事件。平山声称案发时自己在开车兜风。千纱让他回忆一下当时的行车路线，并亲自开车走了几趟进行调查。但这一切都是前任辩护律师吉田九十郎已经彻底调查过的内容，她并没有发现什么新线索。

"熊，剩下的我这边会处理。"

"别客气，如果有什么需要帮忙的，尽管说。"

千纱说了声谢谢，挂断了电话。

目前尚未找到关于平山不在场证明的新证据，但在供述笔录上，确实存在着疑点，那就是平山认罪的时间。在第十一天之前，他明明矢口否认了所有罪行，但就在第十二天时，他却突然认罪了。这一点，似乎可以作为突破口。

千纱决定再去见一次平山，于是前往了冈山监狱。

最了解真相的，无疑就是被告本人。与被告的沟通至关重要。上回是第一次见面，交流大多是流于形式，无法真正深入了解平山的内心，这也是无奈之举。一个凶残的绑架杀

第一章　噩　梦

人犯……也或许是因为自己害怕平山，逃避与他正面接触。这样不行，必须抛开偏见，以最纯粹的心态面对他……

办完手续，千纱走进了会面室，平山已经在等着她。

和之前见面时一样，平山向她微微点头致意，看起来似乎在强忍着哈欠，视线也总是游移不定。

"平山先生，很遗憾，目前来看很难找到你的不在场证明。"

"是吗？这样啊。"

他的态度就像在听一个早已料到的坏消息。

千纱忍住了想叹气的冲动，再次开口道："平山先生，还有一件事我想问一下你。在绫川事件发生时，其他地方也发生了绑架事件。这你知道吗？"

"有吗？我不太清楚。"

平山似乎忍不住了，终于打了个哈欠，然后伸手捏着头上短短的白发，想把它拔掉。

"平山先生，你真的想洗清冤屈吗？"千纱有些生气，语气也变得粗暴，"你究竟是为什么提出再审的？"

"之前那位老律师很有干劲，我是被他牵着鼻子走了。差不多就是这样吧。"

这算什么回答……当初去当勤杂工也说是因为别无选择，难道连这种事情也要随遇而安吗？

"平山先生，请你认真回答我。我知道，或许你觉得像我这种小姑娘根本没办法在再审中获胜。但这关乎的是你自己的未来。"

"我知道，我明白的。"

"那你为什么不跟我说实话？"

千纱再次强硬地追问道。而这时，平山轻轻拔下了刚刚用手捏住的白发。

"因为你也不愿意跟我说实话。"

"什么？"

千纱紧紧盯着平山，平山却没有看她，而是注视着自己手中刚刚拔下的那根头发。那根头发似乎是黑色的，他低声嘀咕着："你也是被冤枉的啊。"

"你这话什么意思？我一直是很真诚地和你交流的。"

千纱捂住胸口，而平山只是冷冷地看了她一眼。

"你敢赌上性命这样说吗？"

平山把手里的头发轻轻地吹向那块有洞的亚克力板。

"松冈律师，你一直在隐瞒自己的真实想法对吧？所以我也不想和你说什么真心话。"

千纱一时之间不知道该说些什么。

并不是因为平山说的是错的，倒不如说，平山的话完全说中了千纱的内心想法。他是不是已经看穿了自己的心思呢？

"平山先生，为什么你会这样认为？"

"和你交谈的时候，我感觉自己像是在被刑警审问一样。一般的律师能多用心暂且不提，但至少我感觉得到他们是真心想要救我。因为这就是他们的工作。可从你身上我完全没

第一章 噩 梦

有感觉到这一点,倒不如说,你对我充满了敌意。"

千纱静静闭上了眼睛。

平山的这些话,突然间让她好像放下了心中的包袱。正如他所说,自己来到这里的目的,和其他律师完全不同。

"平山先生……"

千纱摘下眼镜,瞪大着布满血丝的眼睛,直直地看着平山。

"我并不是来帮你的。"

平山半张着的嘴没有发出一丝声音。

"我来这里是为了我自己。二十一年前,这一带除了池村明穗之外,还发生了其他绑架事件。有个叫作高木悠花的七岁女孩也失踪了,大家都怀疑她是被同一个人绑架的。警察也曾因为这起案件审问过你吧?此外,还有一起……"

如兔子般血红的眼睛再次闭上,千纱想起了二十一年前发生的往事。

那是町内会举办祭典的日子。当时刚满八岁的千纱穿着浅黄色的浴衣,和朋友们一起聚在公园。她的父母正在月园忙着为祭典准备菜肴。虽然不是什么大型祭典,但公园里也摆出了棉花糖和金鱼捞等小摊。

在町内会担任会长的大叔让千纱帮忙跑腿,去卖酒的店里紧急加购一些啤酒。千纱点头答应,和朋友一起走向附近的商店。然而,朋友中途说要去上厕所,便只剩下千纱一个人。当她走到电线杆旁时,突然被一股强大的力量抓住了手臂，随即眼前只剩下一片黑暗。发生什么了？她完全没法儿思考。

当她恢复意识时，周围依然漆黑一片。什么都看不见，但隐约能听到一些声音——是收音机的声音。周围在不断晃动，她被塞进了车里，正被带到某个地方去。明明醒着，她却什么也看不见，呼吸困难。一开始她完全不明白到底发生了什么，但仔细一想，她是被蒙住了眼睛，手脚也都被绑住，嘴里被一条像是毛巾一样的东西塞住了。她被绑架了。明白这一点后，她害怕得身体僵硬，完全无法动弹。

经过漫长的车程，千纱被扛到了某个地方。她记得自己似乎被放在了一个像床一样柔软的地方。好可怕，实在是太可怕了。过了一会儿，她感觉附近还有其他人，似乎是个女孩，正发出痛苦的呻吟声。她想，女孩肯定也是跟自己一样被绑架来的。

在恐惧中，千纱不停扭动着身体。坚持一阵子后，她感觉似乎卡住了某处，拼命一挣，手上的绳子就松开了。在手重获自由后，她立刻摘掉了眼罩，取出塞住嘴巴的毛巾，双腿也终于能动了。但此刻她的脑海中只有一个念头：那个怪物依然在这个黑暗的房间里盯着自己。

屋外是一团漆黑。过了一会儿，旁边的房间里又传来了女孩子痛苦的呻吟。她知道自己不能再待在这里。打定主意的千纱赶紧逃跑，摸索着进入了另一个房间。这个地方似乎是厨房，炉子旁有一个狭小的窗子，微弱的月光由此而入。

第一章　噩　梦

千纱努力站直身子，却怎么也够不着。她的眼睛已经适应了这片黑暗，一个垃圾桶映入眼帘。她踩在垃圾桶上，勉强打开了那扇嘎吱作响、斑驳泛黄的窗户。虽然只打开了一道缝隙，但她还是奋力把头钻了进去。她像只猫一样拼命把整个身子都一起挣脱出来，随即重重地摔在了地上。草地湿漉漉的，她翻滚了几圈，但并不疼。

旁边那个房间里的女孩子情况如何？这一想法一瞬间从她脑海中闪过，但立刻又消失不见。千纱开始拼命奔跑。她记得那时周围盛开着像油菜花一样的黄色花朵。在这漆黑的路上，她头也不回地拼命跑着。不，她甚至已经分不清自己是在奔跑还是在行走。她什么都不知道，只是拼命向前。终于，她筋疲力尽地倒下了。后来虽然被警察救起，但这些事情她已经完全记不清了。

"二十一年前，我被绑架了。"千纱用通红的眼睛死死盯着平山。

"而且当时还有另一个女孩也被监禁在了那个地方。平山先生，我之前一直怀疑是你绑架了我。不，应该说现在依然如此。"

千纱深深吸了一口气，努力压抑着内心翻涌的情绪。

"在我们第一次会面时，我告诉过你，我小时候学习不好。其实那是因为那次事情发生后，即便我想去学习，也根本做不到了。"

事件发生后，千纱几乎没有再去上学，因为很长一段时间都要去看心理医生。在家人和朋友的支持下,她终于在十五岁时重拾学业,拼命学习以追赶落下的进度,最终勉强考入了大学。

为什么我要遭受这样的痛苦?千纱曾这样问过自己。但她也明白,自己能够活着回来已经是万幸。她接受了这一点,并一直努力生活至今。可现在她已经厌倦了这样的生活方式。无论如何,曾被绑架的这一事实是无法抹去的。即便装作一切从未发生,掩盖这些往事,那些受过的伤也会伴随她一生。因此,她想要与过去抗争,做个了断。

父母始终为她担心。与内心遭受重创的孩童时代相比,如今的她已经大有改善。但那个被怪物追赶的噩梦始终挥之不去,甚至连怪物的形象也从未改变:一双骨碌碌乱转的眼睛,像匹诺曹一样的长鼻子,足以一口吃掉一整只羊的巨大嘴巴……刑警们无法确认这究竟是不是犯人的脸。尽管根据这些描述制作出了嫌疑人的模拟画像,但始终无人与之匹配。而至今也没人知道,为什么她的梦里总是会出现相同的怪物。即便此刻平山近在眼前,她也没看出有任何的相似之处。

这个怪物就像是她小时候读过的绘本《三只山羊嘎啦嘎啦》中的山怪格鲁夫。长相恐怖的格鲁夫企图吃掉一只山羊,但最终被长着大角的山羊打败。千纱之所以答应接手绫川事件的辩护工作,就是因为她知道,这是与困扰自己至今的怪物正面交锋的绝佳机会。她绝不会再选择逃避了。

"平山先生,我并不是来帮你洗清冤屈的。我只是想找出

第一章 噩 梦

当年绑架我的犯人,与那个怪物正面对决。就像《三只山羊嘎啦嘎啦》绘本里勇敢的山羊一样。"

千纱用血红的眼睛死死盯着平山。

"如果你就是那个犯人,那即便死刑也是罪有应得。但如果你是冤枉的,那就证明真凶依然逍遥法外。我绝不允许这样的事情发生。所以,我来到这里就是为了查明真相。我所做的一切,全都是为了我自己。"

千纱将心中的一切全盘托出,努力平复急促的呼吸。她的动机,不是作为律师该有的,但她早已不在乎别人的想法。既要为对方辩护,又要隐藏自己的真实想法,她做不到。

会面室陷入了沉默之中。平山似乎被千纱的自白所震慑,一时之间说不出话来。真山为何会将这个案子交给自己,千纱并不知情。她之所以来到这里,只是为了与自己的过去彻底告别,仅此而已。

过了大概一分钟,平山终于开口了。

"……这或许是第一次。"

千纱闻言疑惑地问道:"什么?"

"自从那件事发生后,再也没有人和我坦诚相待。把我定为罪犯的刑警、检察官自不必说,那位老律师也是如此。即便是为我作证的初中班主任老师,其实心里都在怀疑我……"

"我也一样。平山先生,如果你真的是绑架我的那个犯人,哪怕你被判处死刑我也只会拍手叫好。"

平山苦笑着说:"你说得对。"

"但至少你在面对我的时候,没有撒谎。我说的第一次,指的就是这个。大家都对我说,我相信你是清白的。但我一眼就能看出他们是装的……谎言、谎言,我最不需要的就是谎言了。"

平山紧紧盯着千纱,眼神里的坚定完全不输于千纱那血红的双眼。

"松冈小姐,我真的没有做过那些事情。"平山凑近亚克力材质的隔离板说道。

千纱没有马上开口,而是抬眼看着平山。她轻轻撩起头发,问道:"你是指池村明穗受害一案吗?"

"不仅是那个案子,我也没有绑架过高木悠花,更没有杀过任何人……当然,绑架你的人也绝不是我。"平山直视着千纱回答道。

"我是无辜的!"

千纱站起身来,像是在模仿平山一样,将脸凑到了他眼前。

就像是在玩谁先眨眼谁就输了的游戏一样,两个人死死盯着彼此,一眼都没有眨。要是这种办法能分清是不是犯人的话,那大家就都不用那么辛苦了。可即便如此,千纱还是相信了平山并未说谎。

千纱慢慢舒了口气,原本仿佛陷入静止的时间再次开始流动。

"我明白了。那接下来就请你原原本本地把所有的真相全

第一章 噩 梦

都告诉我。哪怕是对你不利的事情,我希望你也能如实讲述。可以吗?"

平山点了点头,静静坐回了椅子上。

接下来的平山就像换了个人一样,对于千纱提出的所有的问题全都如实进行了回答。每个回答他似乎都经过了慎重的思考,完全不像是在撒谎。

"我还会再来的,平山先生。"

留下这句话,千纱离开了冈山监狱。

她感觉到,真正意义上的为重审及无罪辩护做准备的辩护工作,终于开始了。在千纱吐露心声之后,平山也终于愿意以真话回应。但真相依然笼罩在迷雾之中。平山究竟是不是那个怪物?真正的怪物又藏身于何处?想着这些,千纱紧紧握住了手中的方向盘。

第二章

针眼与骆驼

1

自开始调查绫川事件,已经过去了七天。可几乎每一天都是在一无所知的情况下,空耗时光。

熊开着车带千纱前往观音寺市。

一周的期限已然结束,今天千纱就要返回东京了。在这一周左右的调查当中,情况果然如预料般严峻。但自从她向平山坦白了过去的经历之后,千纱决定暂时相信平山是无罪的。

"所以现在情况怎么样?找到突破口了吗?"熊稍显严肃地问道。

"情况的确相当严峻。但出乎我意料的是,对平山不利的证据其实很少:一个是他在审讯时的供述,另一个就是在他车里找到的毛发。关键就在于推翻这两条证据。"

"是啊,如果能突破这两道关卡,我们就能赢。"

第二章　针眼与骆驼

"第一点,平山的供述书你不觉得很奇怪吗?"

"嗯,我也有这种感觉。平山被捕后一直坚称自己无罪,否认的态度非常坚定。可到了第十二天,他突然就认罪了。"

警方的审讯通常会持续很长时间。不少人觉得为了查清真相这也无可厚非,但与国外相比,日本警方的审讯时间之长简直超乎想象。

"当人长期处于压力状态下,为了逃离困境,即使是自认为 A 的事情,也可能会说成 B。哪怕 B 会让自己陷入危机之中,他也会优先选择从眼前的痛苦中逃离。"

"这可是杀人罪,一旦坐实就会被判重刑,他敢为脱身说出这样的谎言吗?"

"你这么想也没错,但从心理学的角度来看,这是完全有可能的。"

"这样吗?我还是很难理解。"

"比起这些,我更关心的是平山被捕第十一天时,他妹妹选择了自杀这件事。"

"这种心情也不是不能理解。可能是看到自己哥哥成了杀人犯,一时接受不了,选择了轻生吧。"

"不,我不是那个意思,重点在于平山认罪的时机。妹妹自杀的第二天,平山就突然认罪了。你不觉得很奇怪吗?"

听了千纱的解释,熊握着方向盘表示认同。

"平山当时可能因为妹妹的自杀备受打击,处于完全崩溃状态,而警察则利用了这一点,趁机诱供⋯⋯"

完全无罪

千纱并不认为警方会像昭和时期甚至更早以前那样采取暴力手段逼供，但如果当事人正处于身心崩溃的状态之中，心理上就很容易随波逐流。经验丰富的警察完全可以动之以情，晓之以理，进行诱导。

"但怎么说呢，我还是觉得再审的希望很渺茫。"

"是的，我也这么认为。"

"那岂不是没戏了？"熊苦笑着说。

"关键在于DNA鉴定。平山坚称自己车里不可能会有池村明穗的毛发。"

据平山所说，他的车除了妹妹之外根本没载过别人。在学校里他也没接触过明穗。毛发上留有毛根，所以不可能是偶然沾在衣服上，掉进平山车里的。

"如果相信平山所说，那么作为定罪证据的毛发就一定是属于别人的。也就是说，只要能重新进行鉴定，我们就有了足够的胜算。毕竟当时的鉴定方法存在很大的问题，这一点是尽人皆知的。"

"用的是MCT118鉴定法吧？"

千纱点了点头。二十多年前，各地的科搜研[①]在鉴别DNA时使用的都是MCT118型鉴定法。这种鉴定方法在"足

[①] 即科学搜查研究所，是日本各县警察本部的附属机关，主要任务就是对犯罪证据进行鉴定。

第二章　针眼与骆驼

利事件"[1]这起世人皆知的冤案之中,暴露出了精确度极低这一问题。而在绫川事件中所采用的,也是这种鉴定方式。

很快,车子就进入了观音寺市内。

按照导航,他们驶向了郊外,在一栋挂着"福家"名牌的房子前停了下来。门前种着大大小小的仙人掌。

"应该就是这里。"

按下门铃,一位六十岁左右的男子出现在门前。福家良浩。他一直在科搜研工作,直到几年前才退休。他的身量仅比千纱稍高,留着背头,头大眼突。

"福家先生,初次见面,我是律师松冈,这位是熊律师。"

"啊,请进。"

他们二人跟着福家走进了客厅。屋里没有什么特别引人注目的装饰,但打扫得很干净。

福家的妻子端来了茶水和点心。

"我大概听说了一些情况,不过你们最好不要抱太大期望。"福家像是料定了结果般开口道,轻轻抿了一口茶。

"我们明白,福家先生,我们只是希望你能如实告诉我们一些情况。"

---

[1] 1990年,栃木县足利市,四岁女孩松田真实被人杀害,其后警方在调查后抓获了嫌疑人菅家利和,并通过DNA鉴定将其定罪,但所使用的DNA鉴定方法被证实存在巨大纰漏。记者清水洁在经历重重调查后帮助菅家利和进行案件重审,并最终使其无罪释放。

在绫川事件中，负责给在平山车内发现的毛发进行 DNA 鉴定的，正是科搜研中福家所属的部门，他也参与到了 DNA 鉴定工作之中。

"在鉴定毛发的 DNA 时，最关键的就是毛根。毛发本身是死细胞，虽然也不是不能用来鉴定，但精度相对较低。而毛根属于皮肤组织，适合用来进行 DNA 鉴定。"

这些情况千纱已经有过了解。

"自然掉落的毛发是不会带着毛根的。而当时发现的毛发上带有毛根，这就说明这些毛发是被拔下来的，车内或许发生了激烈的争斗。"

千纱不由得想起了自己被绑架时的经历。当时她失去了意识，没有抵抗。池村明穗面临的又是怎样一番局面呢？

"福家先生，我们想咨询的是当时使用的 MCT118 这一鉴定方法。"熊开口道。福家的目光立刻变得锐利起来。

"这一鉴定方法是存在问题的，这点已经广为人知。请你坦诚地告诉我们，这对案子会产生多大的影响呢？"

"你说的影响是指？"

"如果用现行的鉴定方法重新进行鉴定，结果会不会与当时不同呢？"

福家低下头思索了一会儿，然后缓缓抬起脸，神情变得格外沉重。

"有可能的，非常有可能。"

福家从准备好的信封里取出了一些资料。他告诉千纱他

第二章　针眼与骆驼

们,他早觉得这种不准确的鉴定方法根本没有意义,还亲自向科搜研所长反映过。资料中详细列出了 MCT118 鉴定法存在的种种问题。千纱虽然已经有所了解,但从专业人士口中得到确认后,她才切实感到这个切入口的确是可行的。

"问题在于,当时的 DNA 样本是否还有残留。检方常用的套路就是声称采集的样本已经用完了,无法重新鉴定……"

"不可能被全部消耗完的。"

福家打断了千纱的话。

"对于从事这份工作的人来说,我们有责任尽量避免将所有样本全部消耗掉。虽然也有不得已全部用完的时候,但那时的确是有剩余样本的,而且也得到了妥善保管。如果有人说已经全部用完无法重新鉴定,那肯定是在故意销毁证据。我可以亲自到法院作证。"

"真的吗?"

福家用大大的脑袋点了点头。有希望。如果平山说的是事实,那么车内就不可能出现池村明穗的毛发。只要能进行重新鉴定,就有很大胜算。

又谈了一会儿,两人离开了福家家。

"终于看到希望了,千纱。"

"是的,不过这才刚刚开始呢。"

推动 DNA 重新鉴定的路依然困难重重。并不是这边提出请求,那边就会点头称是然后照做。辩方提出申请后,检方予以驳回也不是什么新鲜事。这就是日本司法制度的现状。

完全无罪

尽管如此，福家无疑给了她巨大的支持。对千纱来说，这不仅仅是因为他肯定了重新鉴定的重要性，更是因为福家让她看到了即便是在司法系统内部，也仍有人在坚守公正。这一点让她倍感欣慰。

接着，熊开车送千纱到了坂出站。

"那我就先走了，下次再见。"

"嗯，一定要赢啊。"

到达月台时，刚好响起了《濑户的花嫁》的旋律。她登上了"海鸥号"特快列车，出发前往东京。

一周的期限今天就要结束了。接下来她必须去跟真山见面，把这段时间的调查结果详细汇报一遍。是否继续推进再审申请，还得由真山来决定。

千纱坐在角落的位置上，从包里拿出了《六法全书》[①]，翻到了刑事诉讼法的第四百三十五条。

已判处有罪的既定判决，如满足以下条件之一，为受判决者之权益，可申请再审：

1. 原判决所依之证据文件或证物，经证明为伪造或篡改；
2. 原判决所依之证言、鉴定、口译或翻译经证

---

① 日本六部基础法典的统称，构成了日本现代法律体系的核心框架。

明为不实;

3. 判刑人经证明其罪行乃是诬告，但仅限于因诬告而受有罪判决；

4. 原判决中作为证据的裁定被终审判决所更改；

5. 在涉及损害专利权、实用新型专利权、外观设计权或商标权的案件中，已确定该权利无效，或已有无效判决；

6. 发现确凿之新证据，法院应当对被判刑人宣告无罪、撤诉、免除刑罚或从轻处罚；

7. 经终审判决确定，参与原判决的法官、参与制作作为原判决证据的书面证据的法官或编制作为原判决证据的文件或提供作为原判决证据的陈述的检察官、检察官助理或司法警察在案件中进行了职务犯罪。但仅限于在原判决做出之前对该法官、检察官、检察官助理或司法警察提起诉讼，且法院未能知悉这些事实之情况。

这些就是再审申请的相关规定。刑事诉讼法中关于再审的规定出乎意料地少。尽管许多人质疑这些规定不够完备，但律师一般会从第六条，即"发现确凿之新证据"展开调查。

绫川事件也是如此。目前主攻的两个方向就是平山不合常理的认罪，以及二十一年前很可能存在谬误的DNA鉴定方法。仅凭这些证据，真山是否会同意继续调查呢？这个问题千纱也没有把握。但对于千纱而言,她唯一可以确定的便是平山眼中的那份坚定。平山眼神中闪烁着的希望之光,让千纱坚信他是无辜的。

不久,新干线到达了东京。

千纱打电话联系了真山。真山告诉她,自己正在总部,希望她能过来一趟。总部离东京站非常近,千纱很快便来到了三十五楼。

"啊,松冈律师,请进。"秘书将她带到了高级合伙人办公室。

"辛苦你了,请坐吧。"

千纱点头致谢,轻轻坐下,取出了整理好的调查报告。但真山只是随手翻了几下,就开始吃起了饼干。真山处理工作的能力远超于常人,难道他随手翻看一下就能立刻明白报告的内容吗?

"原来是小麦。"真山说了句让人完全摸不着头脑的话。

千纱不知该做何反应,嘴巴半张着愣了一下。

"松冈小姐,你知道我做法官时最痛苦的事情是什么吗?"

千纱装出一副认真思考了片刻的样子,然后回答说不知道。

"是困倦。无论我做什么都困得不行。哪怕睡满了八小时,也完全无法摆脱那股强烈的困意。这究竟是为什么呢?我心中早有觉悟,如若出现错判,以死谢罪也难以洗刷,可汹涌的困意让我毫无招架之力。我甚至怀疑可能是脑部患病，特意去看了医生，但检查之后依旧一无所获。到最后我甚至都在认真考虑要不要在眼皮上画两只眼睛。"

面对这个和再审似乎毫无关系的故事，千纱只能微笑着以示回应。

"为什么会如此困倦呢？我自己曾对这个问题进行过彻底的分析。困倦往往发生在餐后，所以一开始我猜测是血糖的问题。但即便只吃一点点面包，我依旧会感到困倦，而吃到撑得不行了，反而又不困了。这股困意完全没有明确的规律。但是呢，我没有放弃。我认为困倦的原因一定与食物有关系。于是我对运动、工作等要素与食物的关系，以及食物的量和种类进行了详细的记录和分析，最终发现，原来我对小麦过敏。"

"是因为小麦所以才这么困的？"

"对，这可以说是非常罕见的病例了。美国的研究机构还曾表示希望得到我的血液样本来研究呢。"

所以他才只吃这种不含小麦的饼干吗？对于患有严重失眠症的千纱而言，这种病症反而让她羡慕不已。但现在似乎并不是讨论这些事情的时候。

"我想说的是，一旦自己有了结论，就应该对其进行彻底的调查。这才是最重要的。松冈小姐，看了你的报告后，我猜你认为平山是无辜的？"

"是的，的确是这样。"

"既然如此,那就要把骆驼塞进针眼了。"

"嗯?"千纱小声地发出了疑问。

"申请再审吧。"

千纱本以为真山可能会延长调查期限,却没想到他竟然要立刻申请再审。她担心现在的调查还不够充分,可继续调查下去恐怕也难有进展。所以,是时候敲响再审这扇关得紧紧的大门了。"把骆驼塞进针眼"这个典故出自《圣经》,喻指极为困难之事,所以申请再审的人常常将这句话挂在嘴边。

"不只要用六,还可以用七。"

"嗯?七是指?"

"《刑事诉讼法》第四百三十五条再审请求理由中的第七个。根据目前的情况来看,平山很可能在审讯中遭受过刑讯逼供,审讯环境也非常恶劣,或许可以适用特别公务员暴行凌虐法。虽然目前并没有正式判决,但我们可以通过这一点提起诉讼。"

这一方案真的可行吗?千纱心中充满了不安,但真山似乎充满了自信。

"关于DNA鉴定,我会想办法要求他们从维护公平正义的立场出发,重新进行鉴定。至于MCT118鉴定法嘛,已经有很多人要求把所有使用了这一鉴定方法的案件全部进行重新鉴定了。而证人方面,我们会传唤当时参与了审讯的刑警,迫使他们承认审讯中的不当行为。那个叫作有森的退休刑警可能会比较难对付,但我们必须不畏艰险,与他们斗争到底,

第二章　针眼与骆驼

绝不能因为他们所谓的'同袍之谊'而退缩。真相，须以胜利相酬。"

真山紧握着拳头。

"于警察而言，正义就是逮捕犯人；于检察官而言，正义就是确保胜诉；而我曾任职的法院则认为，正义是维护法律的稳定运转。说实话，正义如果仅是如此，那就是毫无意义的空壳。我们律师秉持的正义也是如此。即便败局已定，也要去打那些注定败诉的官司，盲目喊着不公平之类的口号，却不肯睁开眼看看现实。所有人都被正义掩埋，只有无辜者、弱小者抱头痛哭……这是一场艰难的战斗。尽管如此，我们也必须打破这个扭曲的司法体制、腐朽的正义，开一扇窗，呼吸真实的空气。"

惯来洒脱无羁的真山，第一次崭露锋芒。千纱心中震动不已。再审无罪。她知道赢得这四个字的道路是多么艰难，但她唯有前行。千纱想着这些，重重地点了点头。

有森开着车，一个小孩儿忽然冲了出来，他赶紧踩下刹车。

孩子的母亲不停低头道歉。小男孩双手抱着球，一脸不忿，但在母亲强压之下，他也只好弯腰低头道歉。有森吓出

完全无罪

一身冷汗，好在男孩儿没受什么伤。

有森盯着停止线前写着的"两轮车专用"这几个字看了好一会儿，直到后面性急的司机按响了喇叭，有森才慌慌张张踩下了油门。

背后就是濑户内海，有森开着车驶向郊外。山和海都近在咫尺。沿着细长的山间小路前行，一座小小的禅寺出现在眼前。有森停好车，拿着准备好的花束，走向有森家的墓地。有段时间没来了，供奉鲜花的花筒上多了层油腻的污秽。他拿起花筒，走到人字形屋顶的清洁处刷洗起来。

"有森先生，你身体看起来还很硬朗啊，跟小伙子似的。"寺院住持开口寒暄道。

住持年纪比有森小一轮，比起皮肤松垮的有森，他的皮肤可要紧致多了。听说他娶了个比自己小二十岁的妻子，加上战后婴儿潮的那批人迎来了去世高峰期，想必他现在是不愁生计了，生活肯定很宽裕吧。

"上年纪啦。刚才有个小孩儿突然冲出来，我差点都没反应过来。要是以前的话，在四轮车专用停车线那儿应该就刹住了的。"

这附近的十字路口都画上了两轮车和四轮车专用的停车线，四轮车的要更近些。

"要不上交驾照算了吧？"

"倒也没到那种地步。要是没了驾照那我可是寸步难行了。知道你招徕生意很辛苦，但我恐怕还没那么快承蒙你照

第二章 针眼与骆驼

顾呢,别急嘛。"

接着,有森又说了几句茶杯上常印着的长寿心得,便向住持告辞了。前段时间的体检报告上只有血压和肝脏方面的数值不太好,其他方面都没什么问题。虽然现在早已没有什么人生目标了,但他还是打算多活一段时间。

他供上几枝佛前草,闻着线香的味道,拿着水勺缓缓地朝墓碑上浇水。

有森思念着三十三年前去世的女儿,合掌祈祷。

那是一个炎热的夏日清晨。女儿说了句"我出门了",把体操记录卡挂在脖子上,离开了家。结果在路上被一辆违反交通规则的货车撞倒,当场死亡。挂着体操记录卡的脖子不自然地扭向一侧,显然已无力回天。但听到消息后赶来的有森依然拼命呼唤着女儿。

怎么会如此荒谬呢?这场突如其来的死亡没有半分真实感,有森手足无措,只是呆呆站在原地,没有眼泪,也没有叫喊。当救护车终于到达,医护人员看到现场后立刻露出放弃的神情。直到这时,他似乎才终于与现实世界接轨,忍不住发出了嘶吼。

妻子开始责怪有森。她早就说过,暑假还去参加广播体操训练有什么意义呢。有森却坚称孩子本就应该参加这些活动,硬是叫醒了还想再睡一会儿的女儿。他想向货车司机宣泄自己的怒火,但司机撞上电线杆后当场死亡。据说司机已经不眠不休地开了四天车,照现在的说法,这差不多可以算是过劳死了。

平时几乎从未发过火的妻子，在之后的一个月里把所有的怒气都发泄到了让女儿去参加广播体操训练的有森身上。那时的有森也总是还嘴对妻子发火："别老是怪到我身上！"而就在那一天，妻子像是要把所有的愤怒全都倾泻而出，毅然选择了跳轨自杀。每每回想起来，有森总是懊悔不已。为什么没能包容妻子的痛苦？为什么没有给予她更多的支持？为什么连自己的妻子也没能保护好？这份悔恨片刻不停地折磨着他。

这时，手机铃声打断了他的思绪。

是前检察官濑户口的电话。他像往常一样性急，电话响了没几下就挂断了。应该不至于穷困到为了节省电话费才这么做吧。有森苦笑着打了回去。

"濑户口先生，有什么事吗？"

"听说他们真的打算申请再审了。"

濑户口开始说明情况。在真山的指示下，菲亚顿律师事务所的一名律师正在与当地一家律师事务所合作，计划为平山申请再审。

"以什么理由申请再审？我不认为他们能找到新的证据。"

"特别公务员暴行凌虐罪。虽然追溯时效已过，无法追究罪责，但你可能会作为证人被传唤至再审庭。"

"我们那种程度的审讯还算得上暴行吗？"

的确，审讯时不可能完全不使用暴力，今井他们有时候也会做出过当行为。可即便如此,要是仅凭这些就能推翻既定判决,那审判岂不是沦为儿戏?

"你觉得他们申诉的这一点法院会认可吗?"

"他们自己也知道光凭这点是不可能赢的。恐怕他们是想以此为契机,提出再审申请,然后顺势要求重新进行DNA鉴定。"

"重新进行DNA鉴定?原来如此,因为当时采用的是MCT118鉴定法……"

有森明白了,以申请再审为目标来看,这样的程序无疑是对的。只要能重新鉴定DNA,他们就有胜算。作为辩护方,有这样的考量也是情理之中。

"负责这个案件的检察官是我的后辈,我已经和他通过气了。"

"我明白。这点小事,也没必要担心。"

"没错。"濑户口也表示认同。

"就算他们重新鉴定DNA,不管是STR检测法也好,线粒体DNA检测法也好,我们都不会输的。"

有森点点头。濑户口屡次叮嘱他,或许是因为他对辩方的行动感到了不安。但有森自己并没有动摇。

"不过,濑户口先生你也太不信任我了。"

"不是的,我对你很放心。我相信我们的胜算有百分之九十九点九。但让我在意的是,真山那家伙开始行动了。"

菲亚顿律师事务所的老板吗?有森听说过一些传闻,据说是个狠角色。

"他的想法异于常人,或许会用一些我们意想不到的手段,所以最好还是保持警惕。"

作为一名决不允许失败的检察官,濑户口的担心也不无道理。但过分夸大敌人,贬低自己,说不定会自取灭亡。情况已然如此,倒不如接受再审,趁机一举击败对方为好。濑户口大概也是这么想的。

"没事的,我们按平常那样去打,按平常那样去赢就行。"

濑户口说了句"拜托了",便挂断了电话。有森合上手机,看着妻子和女儿长眠的墓地,微微眯起了眼睛。

"你们俩再稍等一下我吧。"有森低声对妻女说道,随后离开了墓地。

有森开车向濑户内海飞驰。

三十三年前,失去了一切的有森便全身心扑在了工作中。残忍地夺走了认真生活的人们的幸福,且还在逍遥法外的家伙;只主张自己的权利,而无视受害者感受的家伙;还有那些假装反省、却在内心暗自嘲笑他人的家伙,他统统不会放过。

被绑架后惨遭杀害的池村明穗让有森想起了死去的女儿。她们年龄相近,尸体被发现时也都是一眼便知无力回天。她有什么罪呢?为什么这么残忍的事情会发生在她身上呢?有森打心底无法原谅凶手。

第二章　针眼与骆驼

当时除了绫川事件之外，香川县还发生了其他几起疑似绑架案件：一起是在满浓町发生的高木悠花失踪案，另一起是丸龟市发生的绑架案件。

丸龟市被绑架的女童声称是自行逃脱的。虽然无法排除谎报的可能，但有森并不这么认为。这么偏僻的地方不可能有那么多觊觎女童的恶魔。他坚信这三起案件都是平山所为。

濑户口的担忧让有森也有些头痛。他似乎对真山这个人评价很高，但只要自己保持沉默，应该就没什么问题。

在超市买了些熟食和腌菜后，有森回到了家。他注意到墙角停着一辆黑色的轻型汽车。邻居家住着一对老夫妇，常常有客人来，应该是他们的家人吧。虽然希望他们不要停在这里，但要是这么抱怨几句，说不定邻里关系会因此恶化，反而更麻烦。

有森想着要不要先去洗个澡，伸手开门时，突然有人叫住了他。

"请问。"

有森转过身，一位戴着黑框眼镜的年轻女性抬头看着他。

"请问是有森义男先生吗？"

有森看到她衣领上锃亮的徽章，便知道她是位律师。

"我是菲亚顿律师事务所的律师，我姓松冈。"

菲亚顿律师事务所？那她应该就是平山聪史的辩护律师了，看上去才二十来岁吧。

"二十一年前，逮捕并让平山先生认罪的，就是有森先生吧？"

"嗯，算是吧。"

"那我就不拐弯抹角了。"她一副不管三七二十一的模样，扶正了眼镜，"当时你是不是采取了非法审讯手段呢？"

有森心中苦笑，真是单刀直入啊。

"你通过强行逼供让平山先生认罪。为了让案情合乎逻辑，你诱导平山先生招供了符合证据的证词。有森先生，你并不是个坏人，大家都说你是个很有人情味的刑警。我真心希望你能够说出真相。"

真是令人失望啊，有森心想。濑户口那么忧心忡忡，他还以为会来一个手段高明的律师，没想到来的是个这么年轻的女孩，还直接上门搞突然袭击。她这种哀求似的口吻，显然意识到自己已经无计可施了。

"抱歉，我没有什么好说的。你可以去看看庭审记录，该说的里面都写了。"

有森说了句"失礼"，便打开门走进了玄关，正准备关上门，年轻的女律师伸脚挡住了门，不让他关上。

"还有最后一个问题想问你。当时发生的其他绑架案件中，除了平山先生之外，有没有其他可疑人物的信息呢？"

真是个烦人的女人。有森转过脸去。也不能说没有，但与高木悠花的失踪和池村明穗的绑架都毫无关联，而是关于另一个成功获救的女童的绑架案的线索。有人提供了目击信息，警方据此对一个个子矮小的男人展开了调查，但没有查出什么东西,也无法确认这些案件之间是否存在关联,因此也就不了了之了。

"哎,我也不太清楚。"

他强行关上了门。年轻的女律师仍待在门外没有离去,在玄关外逗留了好一会儿,最终还是在与有森的消耗战中败下阵来,在大约一个小时后选择了离开。

有森洗了个澡,吃了晚饭。今天的晚餐是他最喜欢的腌菜炒笋,但刚才那位女律师的突然造访,让他有些食不知味。

第二天,有森在受害者援助中心结束了电话咨询的工作,走出了房间。

来到走廊,池村敏惠正站在窗前凝望着外面。视线所及之处,是一只长尾小鸟。

"是银喉长尾山雀,对吧?"

敏惠回过头,露出了笑容。

"真厉害呀,有森先生居然都认识了。"

"那次之后,我对比了图鉴上的银喉长尾山雀和鹡鸰,这才发现它们完全不一样嘛。我可不想再丢人喽。"

两人聊得很愉快。接下来,他们又谈起了关于鸟类的话题。有森看电视上的野鸟节目学习到了不少知识,所以也能和敏惠聊上几句了。

要不要告诉她有人在申请案件再审呢?有森一边聊着一边犹豫着这个问题。她迟早会知道的,如果此时选择沉默,到时就尴尬了。反正这场官司早已胜券在握，倒不如提前告诉她，免得她担心。

"其实，最近应该会对绫川事件进行再审审查。啊，不是直接重新进行判决的再审审查，差不多就是讨论协商是否有必要再审。对方是个满脑子只知道主张被告人人权的家伙。这个案子证据确凿，你不用担心。"

"这样吗？"

敏惠的声音中带着些许不安。也不知道是不是刑警当久了，不知不觉间语气中就流露着对辩护方的蔑视。

但问题还是在于敏惠的想法。好不容易把平山关进监狱，判处了无期徒刑，如今竟然又要旧案重提？这实在是令人愤怒。她肯定不想再与平山有任何牵扯，此刻心生不快也可以理解。然而，敏惠的神情远比有森想象中更为明朗。

"有森先生，你知道鹪鹩这种鸟吗？"

"啊，没听说过，是我不学无术了。"

"我丈夫以前非常喜欢鹪鹩。记得那时我们一家人去露营，明穗还得意扬扬地教我呢。鹪鹩身形娇小，叫声却异常嘹亮。我丈夫说跟明穗的声音很像，明穗听到后不开心地嘟着嘴，倒显得更可爱，更像那只鸟了。"

敏惠干脆利落地结束了再审的话题，拉回到了鸟类身上。但她说的这些，又是之前有森从未听过的往事。仔细想想，以前敏惠从未提起过明穗在世时的事情，这是第一次。

"谢谢你，有森先生。谢谢你一直关心我，我相信你。"

第二章　针眼与骆驼

"池村太太……"

"可恨的是平山。他让明穗受了那样的苦，事到如今还敢说自己是无辜的，真是让人恼火。不过，平山就是真凶对吧？"

唯独这一点有森深信不疑。如果就因为没有决定性的证据，就让做出了如此禽兽不如的卑劣行径的家伙逍遥法外，还谈何正义呢？

"嗯，那是毫无疑问的。"

"那就好。只要知道这一点就足够了。真的很感谢你。"

有森说了声"再见"，便离开了援助中心。

不觉间天色已晚，月亮隐约挂在空中。有森回头看了一眼援助中心。假如自己承认当时存在违法审讯行为，敏惠会怎么想呢？会不会觉得都怪自己才会让平山这样的怪物逍遥法外？这是他绝对无法容忍的不义之举。

不能再让敏惠承受更多的痛苦。她现在好不容易过上了平静的生活。

平山是个杀人犯。为了将那个怪物关进监狱，他别无选择。有森强压住心头不断翻涌的负罪感。

时隔二十一年的重逢，并没有如她预想般产生什么戏剧性的展开。

千纱直接上门拜访了当时负责审讯平山的刑警有森义男，并向他询问了当年的事情，可对方当然不会轻易松口。另一个刑警今井琢也，熊已经去找他了，结果应该也是一样。自己还不至于天真到期待他们良心发现说出一切。

三起案件肯定是同一个犯人。

高木悠花失踪、千纱被绑架、池村明穗被绑架并杀害……短短三个月内，方圆十公里就出现了两个以女童为目标的犯罪者，这样的可能性微乎其微。虽然也不能排除模仿作案的可能，但大概率还是同一人犯案。也就是说，无论哪个案件找到线索，都有希望抓到真凶。

千纱听说，自己这起绑架案是有目击证人的。当时她去买酒时，有人看到一名可疑人员从车上下来，和千纱朝同一个方向走了过去。目击者是町内会的会长和另外一人。千纱想跟他们接触一下，了解嫌疑人的相关信息。

她去找了上次在月园见过的那位戴着头巾的男性。虽然没有事先联系，但他很爽快地同意了见面的请求。

千纱把事情的原委告诉了那名男子，男子粗壮的手臂交叉于胸前，频频点头。

"原来如此。你是想真正面对当年的事吗？哎，怎么说呢……"

"我不想让家里人担心，能不能请你不要告诉我爸妈呢？"

第二章　针眼与骆驼

"当然。哎呀，千纱真的变厉害了很多呢。"

男子表示很乐意帮助她，一边感慨一边回忆着当时的情况。

"我看到了一个小个子男人。"

"小个子？身材很矮小吗？"

在千纱不停追问下，男子用毛茸茸的粗壮手臂抓了抓头，坚定地说："没错。"

"你还记得他的脸吗？"

千纱拿出了几张照片，平山的照片也混入了其中。她从那些没有在报纸上公开过的照片中选了几张当时二十五岁的平山的照片，并尽量挑选了最接近平山真实相貌的照片。但那名男子摇了摇头。

"抱歉，时间太久远了，而且那个时候离得也很远。"

毕竟过去了二十一年，还能记得清楚的线索已经很少了。

"那他有什么特征吗？比如穿的什么衣服，开的什么车之类的。"

千纱继续询问，但似乎已经无法再进一步确认犯罪嫌疑人的模样了。小个子男人……平山的身高是一米六八，能否称得上小个子呢？就千纱与平山会面时的印象来看，他的身高、胖瘦应该都是中等。

警方想必也做过类似的调查，试图将平山与这个可疑男子联系起来进行追查。但"小个子男人"和平山的身高之间似乎存在着差异，而这一差异或许就是千纱被绑架一案没有

081

被进一步追查的原因。

在面对偏离案件走向的线索时，警方往往会选择视而不见。若能弄清楚这个"小个子男子"的真实身份，或许能够揭开绫川事件的真相，但就目前来看，希望似乎很渺茫。

千纱又去了香川第二法律事务所，事务员穴吹英子热情地接待了她。

"抱歉，熊先生还没回来。"

她端来了茶和一些小点心。点心只有珍珠大小，颜色微粉，入口即化，还带着些许甘甜。令人怀念的"花嫁果子"①。穴吹说这是亲戚结婚时收到的喜糖，接着又在千纱面前热情地夸赞着熊。

"熊律师做事真的很认真呢，都三十五六了连个女朋友都没有，真是可惜了。"

千纱看到熊做事这么拼，还以为他已经结婚了。

"松冈律师有打算吗？"

"什么打算？"

"男朋友啦、结婚啦之类的。"

"欸？还没呢……"

"真的吗？"穴吹一脸坏笑。

---

① 日本香川县特产，经常用来当作结婚喜糖。

第二章　针眼与骆驼

年近三十还没有谈过恋爱，这种话怎么说得出口，而且千纱觉得现在正是忙事业的时候呢。正当她不知如何是好时，救星出现了。

手机响起，是真山打来的，千纱立刻接起了电话。

"有好消息哦。"

真山告知的消息让千纱的声调都不由自主拔高了不少，简直意外到让她有些不敢相信。她反复确认，才接受了这个消息。

刚挂断电话，熊也回来了。

"怎么了？"

"真山律师刚刚给我打了电话，是关于DNA重新鉴定的事情。"

熊"嗯"了一声，一副兴致缺缺的模样，随手放下了包。

"如果能重新鉴定就好了，不过双方的权力根本不对等嘛，检方肯定不会同意的。"

"熊，申请好像通过了哦。"

"欸？真的假的？"

"不知道为什么，检察院竟然表示愿意合作。负责对DNA进行重新鉴定的是位著名的医学博士。他指出了当时DNA鉴定中存在的问题，并要求进行重新鉴定。负责审议再审申请的法官我也查过了，据说是个非常公正的人，曾做出过划时代的判决。"千纱激动地说道。

"这些对我们来说都是好消息啊。"

"是呀，好得我都有点害怕了。"

"有希望的！有希望赢的！"

熊兴奋地举起了拳头，坐在旁边的穴吹也笑着鼓起了掌。

虽然现在还搞不清楚检方的动机，但DNA的重新鉴定似乎已势在必行。再审审理并不像普通庭审那样，不能自由旁听，会在非公开场所，由法院、检察官、辩护方三方进行协商。但审理过程和正常诉讼是一样的，也会有证人出庭作证。辩护方一般由十名左右的律师组成辩护团出席，不过这次只有千纱和熊两人。

"总之，接下来我们的任务就是调查当年审讯时，平山不正常的认罪时机了。关键在于有森和今井这两名刑警。"

"是的，这会是一场很漫长的战斗。"

"好，既然如此，我们赶快来做个模拟演练。千纱你当刑警，我来当辩护律师进行质询。"

"明白了，我们来转换一下立场，看看能不能找出漏洞吧！"

于是两人模拟起法庭审问，把桌子并在一起，布置成法庭的样子，事务所的其他员工也都来帮忙，分别扮演不同的角色。像菲亚顿律所这种大型事务所都有真格的模拟法庭，也有很多前检察官和前刑警，因此模拟演练甚至可以以假乱真。但这里的条件很难做到这些，只能勉强搭出个草台班子。

"请问你在审讯时有没有强迫犯人认罪？"

熊的质询实在谈不上干练。在刑事案件中，证人问询环

第二章　针眼与骆驼

节至关重要，但专门对这种技巧进行训练的律所并不多。地方上的律所就更不用说了。千纱心想，只能靠自己了，但即便自己亲自上阵，也没有把握能瓦解有森和今井的心防。

作为证人而言，社会地位及人品风评，以及上了法庭后是否得体从容都会是重要的影响要素。从这一层面来看，刑警这个职业真是天生就适合当证人。而且有森和今井都有上庭作证的经验。

"嗯？来电话了，这个号码，是谁打来的？"

熊的手机响了，模拟法庭只好暂时休庭。

在菲亚顿律所的模拟法庭上，只要对手是刑警，过程都会变得异常艰难，如今在这里也是如此。在不断进行模拟法庭演练的过程中，千纱渐渐有了思路。但依照目前的情况来看，有森绝不会承认在审讯过程中存在非法行为。可以想见，即便提出认罪一事充满疑点，对方也一定会佯装不知，回避这一问题。千纱感到，这将会是场硬仗。

"是真山律师的电话。他一直说让我们加油呢。"

"这样啊。"

"千纱，怎么样，还继续吗？"

"好，我大概有思路了，我打算再去见一次平山。"

"能赢的，我相信我们一定能赢的。"

熊笑着竖起了大拇指。虽然这份鼓励毫无根据，但千纱还是回以了感谢，随即离开了香川第二法律事务所。

途径濑户内海，大概一小时后，千纱来到了冈山监狱。

办理完手续，她立刻见到了平山。平山慢慢坐在了椅子上。

千纱向他讲述了这段时间的调查过程和进展，并告诉他，再审审查已经开始了。平山微微眯起眼睛，抬头看向千纱。

"真的能赢吗？"

平山的疑虑无可厚非。但当她告诉平山，接下来会重新进行DNA鉴定时，他的身体稍微向前倾了一些。

"绝对不能相信警察和检察官。"

"你的心情我明白。当年那种模棱两可的鉴定实在是可笑。但如今DNA鉴定的精度已经非常高了。"

"这我知道，可警察和检察官主导下的鉴定哪有什么可信度呢？"

"放心吧，这次负责鉴定的并不是检方，而是由一位值得信任的专家负责撰写鉴定书，是我们求之不得的人选。"

尽管千纱如此解释，但平山看上去似乎依然没抱什么希望。她能理解平山不信任检方的心情。上次两人会面时，她已经坦诚了自己所有的想法。正因如此，平山也以真心回应了她。千纱愿意相信他。

"平山先生，我有一个问题。"

平山默默抬起了头。

"我之前已经说过了，我只是为了自己而行动，并不是为了救你才担任辩护律师，也不是为了什么所谓的正义，只是

第二章　针眼与骆驼

因为无法原谅那个绑架我的犯人而已。我说的全都是真心话，绝不会撒谎。平山先生，我希望你说的每个字都是实话，这点你能答应我吗？"

平山轻声回答了一个"嗯"字。

"你之所以认罪，是因为妹妹去世导致精神上遭受了巨大打击，对吗？"

平山再次捏着头上的短发，轻声答了句："是的。"

"为什么在审判时完全没有提到这件事呢？"

从审讯记录与事实对照来看，显然可以看出这一点。平山是在身心崩溃之下，被迫认罪的。任何人都能看出来这一点。可即使之后平山再次翻供，也始终没有开口提及此事。

"一定要说吗？"

千纱把脸凑得更近，点了点头。平山叹了口气，闭上了眼睛，紧咬着后槽牙。她似乎听到他低声咒骂了一句，但听不大清楚。紧接着，平山从牙缝中蹦出了有森和今井这两个刑警的名字。

"那两个人……是魔鬼。"

他紧握的拳头不停地发抖。

"你受到了非法的审讯手段，对吗？"

平山声音颤抖，点了点头。他告诉千纱，警方对他施加了暴力，但手段巧妙，没有留下任何痕迹，还威胁说要杀了他。而且在现场勘查时，有森用眼神暗示他，还不停推搡着他往前走，最终他被带到了自己本一无所知的池村明穗尸体所在地。

"后来我问过吉田律师。佳澄在自杀之前,刑警们曾经告诉她我已经认罪了,让她备受打击。可那个时候我根本没有认罪。那帮人对佳澄撒谎,把她逼上了绝路。"

此事如若属实,无疑是极为卑劣的行径。可惜目前并没有证据。

"我死也不会原谅那帮家伙!"

像是全身的水分都蒸发掉了一样,平山原本苍白的皮肤变得通红。这一刻,他的心中满是熊熊燃烧的怒火。这也是演出来的吗?千纱并不这么认为。

如果平山说的都是真的,那警方的行为肯定构成了特别公务员暴行凌虐罪。平山果然是无辜的。千纱的信念愈发坚定。

"一定能争取再审的。"

平山小声说了句"拜托了",紧接着千纱便离开了冈山监狱。

千纱驱车前往四国。她俯瞰着散落在海面上的群岛,在高速公路上疾驰。

她明明是在这一带长大的,但对濑户内海却并不熟悉。被绑架前的记忆早已所剩不多,案件发生后她又一直把自己关在家里,虚度了不少时光。虽然现在已渐渐恢复了正常生活,但又总感觉疲惫不堪。她的睡眠总是被噩梦占据,完全没法好好休息。

第二章　针眼与骆驼

如果能证明平山是冤枉的，那警察应该也会重新调查自己被绑架的案子吧？

这一想法忽然出现在她脑海中，但紧接着又觉得是徒劳。迄今为止，即便一些冤案沉冤得雪，可其中绝大部分到最后都没能抓到真凶。不过杀人案件的追溯时效已经废除，无论过了多久，警方都能继续追查真凶。要想促使警方采取行动，洗清平山的嫌疑无疑是最快的一条路。

"欢迎光临。啊，是千纱呀。"

回到家，父母像往常一样迎接她。

晚餐后，千纱刚从浴室出来，就接到了熊打来的电话。确认了一些最终细节后，熊似乎有些犹豫，声音也变得吞吞吐吐。

"怎么了？"

"没有，我想着要是申请再审成功的话，要不要一起吃个饭？"

"好啊，就当是庆祝好了，大家一起好好热闹一下。"

熊似乎一时语塞。

"啊，那个……怎么说呢，就是……就我们两个人一起？"

"哎呀，就两个人庆祝也太小气了，大家一起才热闹呀！"

"哈？大家一起？"

"再审能通过可是一件大事呢。"

"对、对哦，事务所的大家也都很努力呢。千纱，你和事务所的人关系越处越好了呢，我也想着什么时候大家一起去吃个饭呢，哈哈。"

熊的声音中带着几分尴尬，随后挂掉了电话。

千纱对出人头地并没有什么执念，也不打算永远待在菲亚顿律师事务所。相反，如果能留在家乡，以律师的身份为遇到困难的人提供帮助，这该多好。但现在最重要的就是眼前申请再审的庭审。去战斗吧。为了打败那个怪物，为了自己的人生。

清晨与尖叫声并肩而来。

父母一脸担忧地站在床头。千纱浑身上下都被汗水打湿，就像刚发完高烧一样。又是同样的噩梦。

"怎么都睡不着，所以吃了点药……"

千纱随便找了个借口，但其实她根本没有吃药。

"千纱，是不是又变严重了？"

"抱歉，三方协商十点半就要开始了，我得准备一下。"

千纱借口要换衣服，把父母赶出了房间。收拾好之后，她匆忙吃了点早餐，稍微提前一些出了门。

车子沿着十一号国道，朝高松地方法院驶去。真是个令人厌恶的噩梦，非要在这么重要的日子里惹人烦吗？尽管如此，她也的确束手无策。

刚到高松地方法院，电话响了。

是菲亚顿律师事务所的真山打来的。一接起电话，就传

第二章　针眼与骆驼

来他那优雅的男中音。这个时间点打电话过来无疑是徒增压力，但或许也是因为真山对此事尤为重视吧。千纱语气轻快地回了句"我会加油的"，挂掉了电话。

"早上好，千纱。"

站在门口的熊迎了过来。她本以为自己已经算是提前到了，可熊居然比她还早到。熊问她昨晚睡得怎么样，千纱说睡了挺久的。虽然做了糟糕的噩梦，但的确是睡了很久，倒也不算撒谎。

"睡着了就好。我一点都睡不着。"

正好两人都提前到了，便再次确认了一遍战术，倒显得有些像是在临时抱佛脚了。

"有森刑警应该是个心志坚定的人。但我跟今井聊过，他这个人散漫随意，似乎比较容易动摇，如果能抓住这一点，也许能有所突破。"

这么想可能有些对不住熊的殷切期待，但千纱的确打心底觉得希望渺茫。据平山所说，有森职位高于今井，但实际动手的是今井，他还痛斥今井简直是个恶棍。到头来，唯一的希望还是 DNA 的重新鉴定。只要能证明那不是明穗的头发，所有的一切都将被推翻。

千纱指了指时钟，告诉熊时间快到了。

"三方协商的地点不是在法庭对吧？"

"嗯，在会议室。"

走进地方法院，里面空荡荡的。询问了工作人员后，他们朝四楼的一个房间走去。一想到这样一个地方居然能决定人的一生，千纱心中不禁涌起一股无法言喻的悲凉，但这种思绪又无法跟任何人诉说。

打开房门，会议室就像面试会场一般，长椅排成一排，检察官已经入席，坐在了侧边的椅子上。那人看起来比熊略微年长一些，但发际线已然后退不少。检察官注意到这边时，朝两人轻轻点头打了个招呼。

他们走到与检察官相对的辩护席上坐下。房间中央是证人席。过了一会儿，三名法官走进屋内。他们没有穿法袍，而是穿着普通的西装。与平时庭审的区别在于没有被告人和旁听席，场地也有所不同，但除此之外基本是一样的，气氛非常严肃。

"那么，开始吧。"

审判长轻声开口。千纱轻轻将手放在左胸上，努力平复激昂的心跳。

几乎在有森到达高松地方法院的同时，一辆破旧的车也到了。

握着方向盘的是今井琢也，和有森一样，他也作为证人被传唤到此。

第二章　针眼与骆驼

今井剪了个二分区式发型，顶端的头发用发胶打理得挺立，下巴蓄着胡须，穿着黑色西装。虽然他已经不当刑警了，但也没想到他会打扮得跟个小混混似的。今井身材修长，又长着一张娃娃脸，可岁月依然没有放过他，脸上清晰地显现出了老态。

"有森先生，好久不见了。"

今井像见到黑社会老大似的，低头行了一礼。

"你那辆引以为傲的法拉利呢？"

"早就卖啦，我现在生活也很困难呐。"

今井叹了口气后便离去了。有森也能理解他的心情。他的表情显示他想赶紧结束这些麻烦事儿。而有森也一样，都希望这一切能尽快结束。

有森去了另一间证人休息室待了一会儿，随后被传召进了进行三方协商的会议室。会议室里坐着三名法官、一名检察官、一位身形高大的辩护律师，还有当时那位体型娇小的女辩护律师。虽然以前都不知道被传召至法庭多少次了，但他还是第一次参加再审申请的审理。尽管如此，要做的事情并没有什么变化，只需要像往常一样淡定回答即可。

"证人请陈述姓名、职业。"

面对审判长的身份问询，有森毫不紧张，回答道："有森义男，受害者援助中心的志愿者。"

审判长简要说明了有森被传唤至此的原因。辩方提出了当年调查中存在的疑点，认为平山的认罪，以及现场指认尸体的行为并非出自本人意愿。

"请辩护方提问。"

审判长示意辩护方提问，名为松冈的女律师站起身来。

"我方申请再审的理由之一，就是申请人平山聪史受到了足以构成特别公务员暴行凌虐罪的不当审讯。关于当时的审讯情况，你应该是嫌疑人审讯的主要负责人吧？"

特别公务员暴行凌虐罪吗……有森内心认下了这桩罪责。混混似的今井的确是通过暴力迫使平山认罪的，而他自己也默许了这一行为。

"是的，没错。"

"在审讯过程中是否存在违法行为呢？"

如实回答的话，他们的行为的确算得上非法审讯。但与放任平山逍遥法外这样的不义之举相比，他们这种程度的不法行径算得了什么呢。

"他是自愿认罪的。"有森淡淡地回答道。

"第十二天的审讯也是合法的吗？"

"第十二天的审讯完全合法合规，但现在看来，审讯时间或许有些过长了。"

像审讯时间这些不容分辩的事实，有森全都表示了认可。但同时他也始终坚守底线，不利部分一概回答不知道，绝对不能感情用事，也不能多嘴说些没用的话。说来简单，但这是的确回答质询时的基本原则。如此一来，无论对方多么巧舌如簧，也休想更改这一结局。质询人手段并不高明，只要

第二章　针眼与骆驼

自己保持冷静，对方就束手无策。

"第十一天之前的供述和此后的供述截然不同，这一变化我认为非常值得关注。再审申请人平山先生在第十二天时突然转变态度选择认罪，然后就像决堤洪水一样承认了所有罪行。证人你作为审讯人员，难道不觉得这一点很奇怪吗？为什么他会从一开始的全盘否定，突然选择了认罪呢？"

这是一个非常容易回答的问题，他不会出错。但有森知道，辩方可能是故意想让自己放松警惕，从而伺机发难。

"我并不觉得奇怪。人的态度突然发生变化是很常见的事情。至于他认罪的原因，我并不清楚。"

"在审讯进行的第十一天，再审申请人平山先生的妹妹自杀了。"

名为松冈的这位女律师表示，平山的认罪是因为妹妹的自杀导致了他陷入了完全崩溃的状态，而审讯人员则趁机逼迫他认罪。

"平山妹妹的死和他选择认罪，这两件事情之间显然是存在关联的，对吗？"

对于平山为何突然认罪这一问题，有森也没有确切的答案。但他觉得，只有自己的亲人去世时才知道痛苦为何物，这是何等自私的想法！而且有森也不认为那个恶魔会因为妹妹的死而动摇，进而认下绑架杀人这种重罪。虽然有那么一瞬间，他想将这些想法诉之于口，但最终还是放弃了这个念头。

说不定对方就是想用这种方法来动摇自己的情绪，好把庭审拖入混战之中。还是不说那些多余的话为好。

"就算你这么说，我也无法回答。我只能说，或许是我们坚持不懈的审讯终于奏效了吧。"

情感永远是最大的敌人，一旦被情感左右，就可能满盘皆输。

"所以你当时并不认为平山先生正处于身心崩溃的状态吗？"

"我们只是按规定将他的供述记录下来而已。"

真是辛苦啊。有森有些同情地看着松冈。显然，她已经一筹莫展了。这并不是因为她的无能，只是证据不足罢了。这种问法是无法接近真相的，这一点或许她自己也察觉到了，只是仍旧不得不问罢了。

在漫长的攻防战之后，女律师已露出疲态，眼睛布满血丝，几乎无法压抑住即将败北的愤懑之情。

"证人你怎么看待正义呢？"

女律师突然抛出了一个完全出乎意料的提问。

"我听说你是一位非常诚实的刑警，我也这么认为。有森先生，你其实很清楚自己进行了非法审讯，但另一方面你坚信平山就是凶手。出于你的正义感，为了不让罪犯逍遥法外，也考虑到被害人的情况，你宁愿进行非法审讯这样的不义之举，也要将犯人绳之以法，是这样对吧？"

那位女律师用猩红的双眼坚定地看着有森。她的分析都

第二章　针眼与骆驼

是对的，不偏不倚，完全说中了有森的内心。但有森自然不会承认这一点。这又不是玩什么被猜中就算输的游戏。在法庭上搬出这套动之以情的把戏无异于宣告败诉。

"辩方的问题与案件本身无关。"检察官近乎怜悯般提出了异议。

"异议成立。辩护人请避免提出过于抽象的问题。"

女律师低头表示歉意。到头来，辩方也只能对有森打感情牌了。虽然濑户口曾对此有所担忧，但结果表明他不过是杞人忧天罢了。有森依然保持着冷静，回答着这些毫无意义的问题。

"有森先生，你是否曾通过暴力逼迫平山认罪？请看着我，看着我松冈千纱的眼睛，回答我。"

这句话让有森愣了一下。为什么在这个时候突然自报姓名呢？她看上去是个很适合戴眼镜的可爱女生，但打扮有些老土，也没有化妆。可是，松冈千纱……当有森想起这个名字的那一瞬间，他浑身如触电般不停战栗。

这并不是一个罕见的姓氏，所以一开始他并没有放在心上，可现在连名字都一模一样，难道……这么说起来，有森还记得当年那个女童的相貌。是的，那三个女童之一。真是那个时候的……有森全身肌肉紧绷，努力不让人看出此刻他内心的波涛汹涌。

"有森先生，请你说出真相！"

"审判长，辩护人这是强制证人供述。"

"异议成立。"

审判长认可了检方的异议,千纱也回以了道歉。但她在有森心中掀起的巨浪还远远没有平息。有森当时从受警方保护的女童那里询问了事情经过。那时的女童如今已经作为律师站在了自己面前。这二十一年间,她是抱着怎样的心情熬过来的呢?有森并不认为她的控诉是演技使然。

最让人吃惊的是,千纱竟然选择为那个可能绑架了自己的男人辩护。她到底是怎么想的?她就那么相信平山是冤枉的吗?还是说尽管她心里也有疑虑,但为了坚守作为辩护律师的正义,所以选择坚持疑罪从无原则?无论如何,这种行为都非比寻常。有森努力想保持冷静,但实在太难了。

"证人,请回答问题。"

在审判长的催促之下,有森这才抬起了头。刚才他一直想着松冈千纱的事情,连问题是什么都没听到。于是他反问了一句刚才提的是什么问题,而千纱则再一次发问了。是关于诱供的问题。平山曾指证自己遗弃明穗尸体的地点,在这个过程中是否存在诱导行为?这就是千纱的问题。

"这个……"有森有些支支吾吾了。

带着嫌疑人进行现场勘察时,确实有可能找到遗体或决定性物证。而像这起案件,遗体和物证早已发现,但侦查人员并没有提前告知嫌疑人这些信息,而是让嫌疑人自己指认。这种情况往往是嫌犯有着重大嫌疑,以此来证明他是唯一知道相关细节的真凶。平山的情况正是如此。

第二章　针眼与骆驼

当时平山认罪之后，又在恍惚下参与了现场勘察。一开始他把侦查人员带到一个错误的地方。有森见状，便认为平山到了这个时候还在故意混淆视听，于是他面露不悦，催促平山走向真正的弃尸地，也就是河岸方向。

"嫌疑人因妹妹之死备受打击，警方是否利用了这一心理，巧妙地诱导嫌疑人将侦查人员带到案发现场，表现得好像是他自己找到了尸体呢？"

千纱的提问精准地戳中了要害。的确，当时平山的心智已经被崩溃情绪所影响，心灵上的脆弱让他很容易受到诱导。

从某种意义上来说，现在的有森也处于相似的状态。谁能想到，那位曾躲在角落瑟瑟发抖的女童不仅已长大成人，还作为辩护律师再次站在了这里。一定是经历了难以言说的艰辛吧。这就是濑户口所担心的真山的战术吗？面对千纱那双充满决心、布满血丝的双眼，有森几乎下意识地就想说出实情。

但就在此时，另一个女童的脸突然浮现在他的脑海中。

那是死去的池村明穗的脸。一件背心塞住了她的嘴巴，尸体就这么被遗弃在河岸边。紧接着，又变成了自己女儿的尸体。

平山就是凶手。所有人都对此深信不疑。那些喜欢对过往的侦查指手画脚的律师和学者，根本没有亲眼见过现场。对于那些挥洒着汗水、辛苦追查犯人的侦查人员来说，除了平山，嫌疑人还能是谁呢？

完全无罪

曾有家长指控平山偷拍了自己的女儿。高木悠花失踪案的调查中，一位老者作证称看到平山带走了她。如果当时就能逮捕平山，或许池村明穗的惨剧就不会发生了。

"为了贯彻你心中的正义，你亲手捏造了这一切，对吗？但这种正义，恰恰就是掩盖真相、助长邪恶的根源！"

她一定是饱受童年创伤之苦吧。或许由于某种原因让现在的她坚信平山是冤枉的，真凶另有其人。可即便相信平山这个恶魔的话，将他放出牢笼，这些伤痛也绝不会痊愈。只有让平山再一次亲口承认自己所犯的罪行，才能给她带来真正的解脱。是的，她弄错了方向。她应该站在检察官的位置上去质问平山，而不是成为律师为平山辩护。

有森迅速调整好情绪，心跳也渐渐恢复正常。

"并不存在任何诱导行为。"有森用充满自信的声音做出了证词。攻势凶猛的千纱被这一句话堵住了。是的，只要止住这个话题，她的说法就绝不会被采纳。她这些话，与其说是质询，更像是哀求、控诉。

有森的内心逐渐被同一种颜色所覆盖。他始终坚守的这条路虽然有那么一瞬间被别的颜色所沾染，但很快就恢复了原本的状态。

千纱迅速调整攻势，试图从其他供述部分展开反击，但胸有成竹的有森毫不动摇，始终冷静而真挚地回应了每个问题。

"以上就是辩方的所有问题。"

第二章　针眼与骆驼

千纱万念俱灰地坐了下来。她已经尽力了。在场的所有人都看出了这一点。她的确让有森的心有过一瞬间的动摇。不过，最终还是只能到此为止了。

检方的反向质询结束后，正午已过，法庭宣布下午一点再重新开庭。三方协商暂且告一段落。

走出法院，有森仰望着天空，深深吐出一口气。自己居然真的狠心拒绝了那孩子的请求。或许真山就是想通过她来动摇自己的内心。从某种意义上说，他的战术的确奏效了。真山可能也只是抱着"万一成功就赚到了"的心态展开这场攻势的。

有森一打开手机，手机就传来一阵振动。

"有森先生，情况如何？"

濑户口像是算好了结束时间一样，适时打来了电话。真是喜欢操心啊。有森心里轻笑一声，告诉濑户口一切顺利，电话那头立刻松了口气。

"松冈千纱，没想到负责这个案件居然是那孩子，让我着实有些担心。"

有森简要解释了一下事情经过以后，濑户口的声音显然有些吃惊。看来他是真的毫不知情。

"抱歉，是我调查得不够充分。"

"我之前见过她一面但也没有认出来。算了，好在最后没出什么问题。"

"多亏你坚持下来了。对了，顺便一提……"

濑户口告诉了他刚出炉的绫川事件DNA复检的结果。

"这样啊，我知道了。"

"今天东京的天气真不错，你们那儿也是吗？"或许是因为终于放心了，濑户口突然转换了话题。

有森不置可否，挂断了电话。高松地方法院的上空澄净无云，但与那片晴空相对，有森心中却笼罩着一层阴霾。

5

完全没有击中要害。

千纱对有森进行了一上午的质询，此刻内心却生出了一丝放弃的念头。作为退休刑警，有森义男是个公认非常诚实的人。可即便是这样的人，当曾是绑架案受害者的千纱向他提出质询时，他依然不为所动。

高松地方法院附近有一条商业街。千纱和熊在那条街上的一家咖啡馆里吃午餐。熊大口大口地吃着套餐，千纱一点食欲也没有，点的乌冬面几乎没有动筷子。

尽管在审判长提醒之下她不得已有所收敛，但千纱仍然坚信她对有森的质询都是事实。至少据平山所述，有森肯定采取了非法的审讯和调查行为。他自己对此心知肚明，但依旧选择了撒谎。可这也是因为有森坚信平山就是真凶，如果不是对这一点深信不疑，他是不可能做到这种程度的。为了

第二章　针眼与骆驼

受害者，为了社会之正义，他会誓死捍卫这个谎言，并将其视为自己的使命。

"这种所谓的正义，其实才是最大的恶吧。"吃完饭后，熊一边整理着文件，一边低声嘀咕道，"为了自己信仰的那些东西赌上性命……他们就是这样自我美化的。"

千纱也是这么觉得的。她明白，绝不能就此放弃。

"下午还有质询环节。今井这家伙容易感情用事，要是攻势顺利的话，说不定还有希望。总而言之，下午继续加油吧！"

"嗯嗯，的确，毕竟还有DNA重新鉴定这一步棋呢。"

千纱话音刚落，手机突然来电。

一看手机屏幕，是真山打来的，千纱立刻接通了电话。

"我一直在犹豫应不应该在这个时间点告诉你，可结果已经出来了，我觉得还是应该让你知道。"

真山说的应该是毛发DNA重新鉴定的结果，比她预计的要快一些。但不知道是不是心理作用，他的语气似乎有些疲惫。

"从结果来看，并没有出错。"

"嗯？你是说……"

"平山车里残留的毛发的DNA，经STR检验法进行重新鉴定后，确认的确属于池村明穗。"

如遭雷击。

站在自己面前的熊似乎突然间从视野中消失了一样。怎么可能……她把唯一的希望都赌在了这儿……这样一来就再也无力回天了。唯有颠覆车内残留的毛发这一决定性证据，才有可能打开局面。可是……

"这场战斗或许连迈出第一步都无比艰难。我能理解你的震惊，接下来你先好好休息一下，下面的事就交给熊吧。"

"你做得已经很好了……"真山用有些无力的声音安慰着她。挂断电话后，千纱久久无法放下手机。当眼前的一切终于恢复了色彩，她才看到熊关切的目光。

"重新鉴定的结果，还是不行吗？"

千纱缓缓地点了点头。熊望着窗外的蓝天，叹了口气。决定性的证据并没有被推翻。相反，二十一年过去，精度更高的鉴定方法再一次证明了当时那份证据的正确性，而且负责进行 STR 检测法鉴定的也是非常可靠的人。无论检察官给予多大的压力，他也绝不会屈从。所以，鉴定结果是绝对没有问题的。真是糟糕透顶。明明说好了绝不撒谎……难道平山真的是凶手吗？

——不，不是这样的。

千纱的脑海中闪现出了一个想法。这个想法不断吸收着各种不同的线索，迅速发展壮大。对，事情还没结束，还存在另一种可能。

"下午针对今井的证人质询，由我来吧。"

熊的声音似乎从很遥远的地方传来。千纱沉默地站在那里，熊一脸担心地看着她。但现在他已经不需要担心了。此

第二章　针眼与骆驼

时的千纱理清了思绪，且头脑异常清晰。那毛发的DNA属于池村明穗，是确凿无疑的事实。可另一方面，平山说的也并非谎言。结合这两个信息进行思考，真相就水落石出了。

"不，我还要继续战斗。"

"千纱……"

"我没事，怎么能因为这点打击就萎靡不振呢。"

经过证人候场室前，千纱用鄙夷的眼神瞪着对方。虽然她这一想法是基于相信平山所言这个极为暧昧的前提，但现在的她坚信这才是事情的真相。

"熊，一定是警察捏造了证据。"

"捏造？"

"是的，他们把拔下来的毛发放进了平山的车里。"

熊张大了嘴，愣在了原地。没错，这才是事情的真相。如果是自然掉落的毛发，因为没有毛根，所以根本无法进行DNA鉴定。在平山车里发现的带有毛根的毛发，很有可能是故意从尸体上拔下并放入车中的。

除此之外，这一推理的依据还有千纱自己的记忆。她记得自己被绑架时已经失去了意识。如果犯人是同一个人，肯定也会先让明穗无法反抗再把她带走。在反抗之下被抓住并拔下了头发，千纱认为这种推测完全是无稽之谈。

回到三方协商的房间，千纱等待着检察官和法官的到来。

她闭上眼睛，回忆起这些年来发生的一切，以及二十一年前的真相。警方的确伪造了证据，甚至还修改了供词。既然他们做到了这种地步，那就说明根本不存在任何证明平山是犯人的证据。平山一定是无辜的。

"怪物。"

千纱低声呢喃，近乎不可闻。

她一直认为绑架自己的那个人是个怪物，直到现在也如此坚信着。但伪装成正义，将平山栽赃成犯人的存在，同样是个怪物。在这个世界上，的确存在除了罪犯之外的怪物。她想要与之战斗，并将其击溃。在上午的战斗之后，重新鉴定的结果又让她举步维艰。但她的斗志并没有一丝一毫的衰退，甚至还燃起了汹涌的怒火，在她心中澎湃翻腾。

审判长、三名法官和检察官走进了法庭。

"接下来，重新开庭。"

证人席上站着一名穿着黑色西装、留着二分区式发型的男子。正是今井琢也。他一定就是逼迫平山认罪的核心人物。

"辩护人，请开始提问。"

"首先想请问证人，在当时发生了连环案件的情况下，证人你是否下定决心无论如何也要逮到犯人？"

"当然了。"今井答道，"当时我的孩子才刚刚出生。一想到要换作是自己的孩子惨遭毒手，我就想着一定要将犯人绳之以法。"

根据熊的调查，今井年轻时曾有过一段婚姻，但现在已经离婚，并且与孩子一直没有联系。

"正因如此，你才对再审申请人平山聪史施加了暴力，逼迫他认罪吗？"

今井像在搓澡似的伸手摸了摸脖子。

"没有那回事。他是自愿认罪的。"

"在第十一天之前，再审申请人平山始终坚决否认罪行，但第十二天时突然认罪，你不觉得很奇怪吗？"

"这个问题，你还是去问平山吧。我们只是按规定将他的供述记录下来而已。啊，当然，我们记录完相关供述后也会读给他听的。"

与有森一模一样的说辞，连"按规定"这些字眼都一样。

"关于现场勘察我有一些问题想询问证人。请问你当时也在现场吗？"

"是的，和另外几名调查人员一起。"

"当时是否存在诱导行为？"

"完全没有。"

"不仅是你，其他调查人员也没有诱导行为吗？"

"正是如此，完全没有。"

今井不停重复着"完全没有"这句话。千纱根据平山所述，将现场勘察时在场所有人的位置关系通过幻灯片展示了出来。由此可以看出，有森和其他调查人员都站在离平山很近的地方，而今井在搜查过程中始终处于远离平山的位置。

"证人方才说在现场勘察中不存在任何的诱导行为。可从今井先生的位置来看，你是如何把握其他所有人的行动的呢？似乎有好几名调查人员都处于你视觉盲区之中吧。"

怎么老纠结这些细节？今井不禁露出了苦笑。

"那我撤回这一句吧。我想表达的是，要是我们强制性地对他进行诱导，平山应该会反抗或者大喊大叫吧？可是他完全没有类似的异常行为。"

"那么这就意味着，你没法证明其他调查人员没有进行诱导行为，对吧？"

"嗯，或许吧。反正就我所知是没有。"

让他撤回自己部分证词的战术成功了。不过光这样还不够。现在的今井反而更加警惕了。对千纱所指出的逻辑上的不洽之处，他都能冷静地予以回应。照这样下去，这场质询就会重蹈有森那时的覆辙。

"这起案件开始调查后，就迅速锁定了再审申请人平山先生，请问警方的依据是什么？为什么从之前就一直怀疑平山先生呢？"

今井一直轻微地点头。

"高木悠花失踪案你应该听说过吧？我们警方曾怀疑这起案子也是平山所为。"

今井的话变多了。千纱打算抓住这个空隙，开始了连环提问攻势。

"怀疑的根据是什么呢？"

"在这起案件中，有一位老人表示亲眼见到他作案。但后来判断他的证词无法完全取信，所以没有对平山进行进一步调查。"

第二章　针眼与骆驼

"你是否认为高木悠花一案是再审申请人平山先生所为呢？"

"是的，那个家伙……"

说到一半，今井突然止住了话头。

"抱歉，这只是我个人臆断，无可奉告。"

千纱本想通过这一点让今井心怀偏见的形象更为鲜明。可今井似乎有所察觉，没有上钩。但可以确信，他的确是个极为情绪化的人。

"也就是说，当时的调查人员都怀疑高木悠花案是再审申请人所为，所以这起案件一发生，你们就开始怀疑再审申请人平山先生了，是这样吗？"

"谁知道呢，说不定只有我是这么想的。"

今井似乎压抑着自己的情绪。这个男人跟有森一样，都抱着决不能放纵罪恶的信念。但稍一思索就会发现，他们两人其实存在着微妙的区别。只要被他认定为恶，那无论怎么肆意攻击也无伤大雅，甚至还能满足他自己的攻击欲。

"为抓到案犯不择手段，请问你支持这样的做法吗？"

"不，正义理应在法律允许的范围内执行。"

真是大言不惭。千纱闻言愣了一下。继续攻击这一点恐怕会适得其反。这场战斗，已经胜机渺茫了。明明真相就在眼前，自己却无法抵达，这种咫尺天涯的感觉让千纱烦躁不安。但不可思议的是，此刻她的大脑却无比冷静清晰。今井现在应该对胜诉充满了信心吧。可越是这么想越容易出现破绽，自己能抓住机会吗？正常的方法已无法打开局面，必须要出其不意才行。她知道这或许有些胡来，但只要能撕碎这群人所谓的正义，她愿意一试。

"既然如此，今井先生，请问你还记得我吗？"

千纱摘下了眼镜。今井像是被这突如其来的话语吓了一跳，眼睛一连眨了好几下。

"哈？我不记得了。"

"二十一年前，你曾经和有森先生一起，对作为绑架案被害人的我进行过调查。"

今井愣了一下，紧接着瞪大了眼睛，嘴巴也不由自主地张大了。

"我一直想知道绑架我的真凶究竟是谁！我不相信平山聪史是犯人。"

千纱用赤红的眼睛死死地盯着今井。今井像是被蛇盯上了的青蛙，一瞬间僵在了原地，眼睛都忘了眨。

检察官愤然站起身："这与本案毫无关系！"

"异议成立。"

在审判长的制止下，千纱立刻道了歉。两次出其不意的质问，作为辩护人来说是极为失职的，甚至可能遭受处罚。不过，审判长似乎对这种盘外招缺少经验，并未再说什么。

今井似乎受到了极大的冲击，一直低着头。机会来了。即便之后会惹上麻烦也无所谓了。此刻的她正浑身热血沸腾。千纱深吸了一口气，用平静的语气对今井说道："再审申请人

第二章　针眼与骆驼

直到第十一天都未曾提及案件相关的任何事情，但在妹妹去世后，却突然开口，如实详述了弃尸地点，甚至连普通人根本记不住的细节都能一一说出。难道这不是被你们暗中引导或编造出来的供述吗？"

今井稍稍抬起了头，但目光却始终在远方游移不定。

"你也意识到了证据不足这个问题，对吧？即便如此，你依然觉得不能放任嫌疑人逍遥法外，这就是你心中的正义，对吗？"

今井没有回答。他的目光似乎离开了这间密室，投向无尽的远方。他的嘴巴微微张开，却没有发出任何声音。审判长看着他，催促他立刻回答。他开口了，声音却细若蚊蚋。

"我没觉得有什么不对。"

千纱刚想继续追问时，今井却先开口了。

"因为的确是我让平山那么说的。"

他的声音很轻，却清晰地回荡在三方会谈室里。是自己听错了吗？千纱简直不敢相信自己的耳朵。熊也惊讶地张着嘴愣住了。坐在对面的检察官更是震惊得差点站了起来。审判长瞪大了双眼，而其他法官们就像是网球比赛中紧盯着球的观众，同样目瞪口呆。

"你说的'我让平山那么说的'是什么意思？"

千纱追问道。今井闭上了眼睛，沉默了一会儿，然后慢慢睁开了眼睛。此时的他脸上带着某种决绝的表情，开口了。

"一切都是调查机关伪造的。"

今井的这番话，让检察官发出了意义不明的怪声。熊仍然是张大着嘴，甚至连千纱都被这一意外惊得脑袋几乎要炸开。是在做梦吗……今井真是这么说的吗？她从未预想过会以这种形式听到这些话。

"我一直活在痛苦当中。"

今井摇了摇头，像是要甩掉什么，将目光转向了天花板。

"如果这是唯一能抓住罪犯的方法，即便采取了非法的审讯和调查手段，我也不会有任何的犹豫。我一直以为这就是正义，可终究还是要为此付出代价。"

尽管今井的发言与三方协商没有直接关系，但检察官们都没有提出异议，而是茫然地放任他继续说下去。

"让我们继续进行证人问询吧。今井先生，那份供述笔录是你写的吧？"

"是的，我和有森一起写的。为了案件合乎逻辑，我们伪造了证词。"

调查机关承认进行了非法审讯。这本身就足以构成再审理由。千纱依然觉得自己像是在做梦一样，她继续问道："在再审申请人的车上发现了池村明穗的毛发。如果这一切都是伪造的，那车里怎么会有她的毛发？"

"是我放进去的。是我亲手从那孩子的尸体上拔下来的。"

忽然，今井用双手捂住了脸，发出了如动物般的悲鸣。从法官和检察官的表情来看，他们似乎完全不打算阻止今井发言。

第二章　针眼与骆驼

"拔下头发的那种感觉，似乎直到现在还残留在我的手上。"

今井看着自己微微颤抖的右手。

"我的手一直抖个不停。"

这份极具决定性的发言让站在旁边的熊眼里闪烁着兴奋的光芒，仰头看向千纱。这份证词一出，刚刚出炉的DNA重新鉴定结果立刻变得毫无意义。这是调查人员亲口所言，判处平山有罪的决定性证据已荡然无存。

接下来，整场询问似乎成了一个消化战。千纱并没有进行过于强硬的询问，但今井主动回答了几乎所有问题。作为始终处于现场第一线的警察，今井的证词具有任何人都无力辩驳的真实性。

"今井先生，在现场勘查的过程中，为什么再审申请人能准确指出遗体所在的位置？"

"就像是牵着小狗散步一样，饲主是牵着绳子带它散步的。"

真是个绝妙的比喻。乍看之下，平山似乎是在自由行动。但如果他偏离了方向，绳子就会把他引导向饲主希望他去的地方。

"有森说过，他是用眼神拉着这根绳子的。"

今井的自白还在继续。而他所说的一切都像是在证实千纱的猜测。那些非法审讯的手段和伪造的证据，在过去的二十一年里一直折磨着今井。直至今日，每当回想起自己曾

完全无罪

亲手从池村明穗的遗体上拔下头发时,他的右手仍会止不住地颤抖。他之所以选择辞去警察这份工作,就是因为再也无法忍受这些痛苦。

"我也不想这么做的。"

今井几乎崩溃,泪如泉涌。

千纱曾认为绝不可能发生的情景出现在了她的眼前。她成为律师时曾被教导,在证人质询环节,永远不能将希望放在他们的善意上。证人泪如雨下,推翻伪造的证词,这种事情只会在电视剧里出现。

可是人心是复杂的。对于据说很重感情的有森,她觉得用晓之以理、动之以情的战术或许能打动他。可她从没想过,这位一直以来名声不佳的今井,居然会选择牺牲自己、背叛警察。可能今井正是因为恪尽职守,出于强烈的责任感才走到了动用暴力手段这条路上,而其本性,就是一个做事认真的人。

三方会议进行了约一个小时,结束时外面天色尚明。

"你们可以随时传召我。不管在谁面前,我都会说出真相。"

今井不再哭泣,而是重新恢复了冷静,露出了坚毅的神情。

或许连法官都已经确信这是一桩冤案了吧。现场当场取得了一致,决定再次传唤有森、当时进行现场指挥的上级领导,以及负责本案的检察官濑户口,以便查明真相。

第二章　针眼与骆驼

通常来说，即便再审申请通过，要想赢得无罪判决也还有很长一段路要走。可根据今井的证词，本案中作为决定性证据的池村明穗的毛发已确认是伪证。一旦判处重审，那检方就很难再翻盘。至此，骆驼已穿过针眼了。

在封闭环境下进行的漫长协商终于结束了，二人离开了高松地方法院。

"千纱，你真是太了不起了！你创造了奇迹！"

抓住真凶，这一直是她心里的目标。所以，这场斗争并未结束。但此时的她依然倍感欣慰，因为她证明了无论看上去多么不可能的事情，只要付出努力，终究是有可能实现的。

"现在才刚刚开始呢，熊。"

湛蓝的天空上没有一丝云彩。千纱伸出自己的小拳头与熊硕大的拳头轻轻碰了碰，露出了微笑。

第三章 名为正义之罪

1

有森回到家时，发现窗户的玻璃被砸破了。

隔壁的老夫妇戴着草帽，正细心地给小番茄浇水，可一看到有森的身影，两人立刻匆匆返回了屋内。蝉鸣喧嚣，自家周围停着好几辆车。炎炎烈日不仅让人浑身大汗，还催生出了几声叹息。

"有森先生，能否请教你几个问题？"

不知从哪儿冒出来的电视台还是杂志社的记者们，似乎早已等候在此，你争我抢地将麦克风伸向他面前。一名女记者不停恳求他接受采访。

"你对平山先生有什么想说的吗？"

"你有向他道歉吗？"

在再审申请审理中出现的意料之外的展开，如今已尽人皆知。

第三章　名为正义之罪

有森多次被传召到再审申请审理庭，就案件指挥系统相关问题接受了详细调查。受害者援助中心的工作也暂时请了长假。

"有森先生，都是因为你的责任才造成了这样的局面吧？"

"保持沉默是因为不打算反省吗？"

无论回答什么都只是徒劳。是这些人砸烂了窗户吗？不，应该不至于。有森压抑着想要瞪他们一眼的怒气，从扎堆的记者中挤过，紧紧锁上了门。

真是如坐针毡。他原本将这栋房子视作终老之地，可如今必须得搬走了。总之，先用胶带粘好碎掉的玻璃窗吧。虽说都是他咎由自取，但他真的没想到会变成这样。

粘好玻璃后，有森把家里的窗帘全都拉得严严实实的。他洗完澡便开始准备晚餐。打开电视，鸟类节目刚刚结束，新闻节目开始了。头条自然是绫川事件同意再审的决议。没想到竟然会变成现在这样……他感到一阵恶心，随即换了频道，一张熟悉的面孔突然映入眼帘。

"没错，都是我的错。"

电视上泪眼蒙眬的光头正是今井琢也。主持人和评论员围着今井不断提问，而今井则字斟句酌地回答着。

"今井先生，你自责的心情我们都能理解，但这次事件的问题其实在更深层次的地方。究竟是谁让你把明穗的毛发放进车里的呢？"一位大学教授评论员提问道。

"要是你觉得对平山有愧，那最重要的无疑就是说清楚这一点。全国观众应该都是这么认为的。"主持人也附和道。今井露出了痛苦的表情，垂首轻轻摇了摇头。过了好一会儿，他才抬起头来。

"并没有人明确地指示我去做这些。但有好几个人暗示过我，说什么'你明白我意思吧'之类的话。刑事部长和检察官也是这么跟我说的。他们告诉我，如果这样下去的话就没法将犯人绳之以法了。必须要弄点证据出来。"

演播室一片哗然。

"你的意思是，你是受到了来自上级的压力，所以才伪造证据的？"

"没错。"今井重重地点了点头。

"现在说这些大家可能会觉得我只是在为自己找借口而已，但那些事情真的不是我的本意。我之所以决定这么做，是因为当时和我一起在调查总部工作的资深刑警推了我一把。他对我说，'只能靠你了'。他是我非常尊敬的人，所以我觉得不能辜负他的期待，只能这么做了。"

有森听到今井说的这些，瞬间怒火中烧。"只能靠你了……"他的确说过这句话。可当时他说这句话，是因为那个时候绫川署能派上用场的年轻人就今井一个，他是想鼓励今井几句，让今井拿出点干劲来而已。

车里出现的池村明穗的毛发是今井放进去的。有森知道这件事是在二十一年前，平山开始公审之后。当检察官濑户口告诉他时，有森简直目瞪口呆。在那之前，有森一直认为

第三章 名为正义之罪

那些毛发是平山不小心留下的。正因为相信这份证据，所以在现场勘察时，平山那副一无所知的样子让他忍无可忍，从而对平山进行了诱导。

可即便如此也无法撇清自己的责任。在判决之前有森就已经知道那份证据是伪造的了。他本可提出异议，但他没有这么做。这并不是出于对警察组织的忠诚，而是因为他内心深处认定了必须要让平山得到惩罚。

"只能靠你了……真是像炮弹一样极具冲击力啊。"

另一位担任评论员的作家开口了。

"的确。这样一来，警察和黑帮有什么区别？真是太过分了。而且所有人都遮遮掩掩的，不明确下令。万一事情败露就撇清关系，狡辩说自己没说过那种话。他们这是早就想好了退路啊。"

主持人连声附和。池村敏惠或许也在电视机前看着这个节目吧。想到这点，有森的心中便涌上一股难以言喻的痛苦，只能紧紧抱住自己的脑袋。

他想关掉电视去吃晚餐，却食不下咽。

守在门外的记者们似乎终于走掉了。有森正打算关掉电灯，早些睡觉，门铃突然响了。透过猫眼一看，站在门外的是一位熟识的记者。有森对那些满怀恶意的采访早已厌烦至极，但这位资深记者却和气地跟他打着招呼，没带摄像机，似乎是空手而来。或许是因为担心他才来的吧。

"是你啊，进来吧。"

胡子拉碴的记者说了声"失礼了",便走了进来。他在当地一家报社工作多年,也是老朋友了。

"事情闹大了啊。"资深记者一屁股坐了下来。

"哎,都是我自作自受。"

"真是个令人厌恶的社会。不管之前做出了多少贡献,只要跌入谷底,就会被批得一文不值。"

有森对别人的同情十分抗拒,只是沉默。

"有森先生,我觉得在这样的时刻更要弄清楚何为真相。确实,警方的搜证手段存在一定的问题,但我并没有因此就认为平山不是犯人。"

资深记者身子微微前倾。

"从那时开始我就一直在报道这起案子,所以我对此一清二楚。高木悠花失踪案中,那位老人无比明确地给出了证词:是平山绑架了高木悠花。还有很多家长表示自己的女儿被平山偷拍了。这一带治安很好,不可能同时出现好几个这样的恶魔。"

听着这些指责平山的言辞,有森的心情稍微平静了些许。没错。伪造证据和平山是犯人本就不是一码事。有森并不觉得除了平山之外还有别的犯人。

"有森先生,反击的时刻到了。"

"反击?"

记者摸着他引以为傲的胡子,点头说道:"为了打赢再审,你必须找到证明平山就是凶手的新证据。的确,就过去

第三章　名为正义之罪

的案例来看，一旦开启再审，被告人基本都会宣判无罪。可这次并不一定。我们可以用这场再审创造新的历史。"

这是他从未预想过的角度。经过再审申请审理时的重重程序，检察方承认了错误，事实上在极短的时间内就启动了再审，无罪判决已蓄势待发。可即便如此，这并不代表着平山就已经确定无罪了。

"有森先生，为此我有一件事情必须要跟你确认一下。"

"什么事情？"

记者特意强调，决不能有任何矫饰含糊。

"我想听听你的真心话。你觉得平山是无辜的吗？"

"绝无可能。"有森毫不犹豫地回答道。

"平山就是杀人凶手。我绝不会放弃的。"有森坚定地说道。记者也重重地点了点头。

"没错。像你这样努力守护着当地宁静生活的警察，绝对不能止步于此。我来帮你，我们一起让真相水落石出！"

有森用力地点了点头。

正如记者所说，恢复名誉的关键并不是找出另一个真凶，而是证明自己并没有错。无论这有多么困难，他都会坚持到底。

聊了一会儿，记者便告辞了。人们常说，困境中的朋友才是真正的朋友，他的确因此收获了一些勇气。还好和这位记者聊了聊。

有森透过窗帘的缝隙，凝视着刚刚修补好的玻璃窗。多

完全无罪

半是附近的人做的好事。那些人并非出于义愤，而是单纯地在攻击欲望下想要惩治邪恶罢了。可他早已没了去控诉他们的力气。

他明白，自己的所作所为无疑触犯了法律。即便是为了社会正义，他也不会被原谅。可现在他最担心的其实是池村明穗的母亲，池村敏惠。她现在的心情会是怎样呢？

躲避着新闻记者们的目光，有森悄悄溜出了家，来到了预约好的房屋租赁公司。有森刚一坐下，一位年轻的员工就走了过来，详细询问了他的要求。得知只要能尽快入住就可以时，员工开始在电脑上敲击，寻找房源。

有森从写着"随意取用"的小箱子里拿出糖果放入口中。包里装着印章和存折等签订合同所需的一切。考虑到可能需要现金，他还去银行取了五十万日元。

他打算稍后去援助中心看看，所以想尽快决定新居。只要价格不高，居住条件都无所谓。

"这些地方怎么样呢？"

大约五分钟后，年轻员工把三处房源都打印好，递了过来。每处房子的建筑年限、离车站的距离等信息都详细地列了出来，但有森只是比较了下房租，指了指租金最低的那个公寓。

"明白了，那要不要现在就去看看呢？"

有森摇摇头，从包里拿出印章。

第三章　名为正义之罪

"不，就这样吧。"

"你不去看看房子吗？"

"嗯，能快点搬家就行。"

新居就这样快速地决定了。租赁公司的员工显得有些惊讶，但对有森来说，住在哪里都无所谓。只不过要是总有奇怪的人贸然造访，干扰到他接下来的行动，那就麻烦了。

签好公寓的租赁合同后，有森乘坐琴电①前往受害者援助中心。

自从平山被释放后，他再也没和敏惠见过面。发生这种情况，她会是什么样的心情呢？他已请了一段时间假，但还是想亲自去见见她，谈谈自己的想法。哪怕被骂也无所谓，本就是他背叛了敏惠。

援助中心位于瓦町。下了琴电，有森走进了商店街的拱廊。路过的行人中有好几个人回头看了有森一眼。是错觉吗？他们也许看到了相关的新闻报道，知道有这么一位恶名昭彰的刑警，但按理说应该不知道他长什么样子才对。

援助中心所在的大楼渐渐出现在眼前。管理室里，熟识的保安正打着哈欠。

"阿勉，池村女士在吗？"

保安没有和他对视，别过头去回了句："不知道……"

---

① 日本香川县内的高松琴平电气铁道，简称琴电。

完全无罪

有森还想说些什么,保安却站起身匆匆走开了。他们认识了七年,他从未对自己如此冷淡过。或许是因为最近电视上不停播放着相关新闻,他也知道了有森的事情吧。

有森上到三楼,看了眼白板上的日程安排。敏惠似乎正在接待家属。他打算等到了休息时间再去找她。不一会儿,咨询室传来一声怒吼。

"你根本不明白我的感受!"

是一位女性咨询者的声音。紧接着她又开始放声大哭。

"我受够了!"

门猛然敞开,一位眼睛红肿的女士怒气冲冲地走了出来。

她没有坐电梯,三步并作两步走楼梯下去了。追在后面的敏惠不停喊着:"请等一下!"

有森也朝楼梯走去,外面突然传来"砰"的一声,车门被重重关上了。透过楼梯旁的窗户向外看去,刚才那位女士已经上车驶离停车场。

这些伤痕累累的受害者们心理状态非常不稳定。即便真心相待,措辞稍有不慎就可能会激怒他们。敏惠还好吗?最需要安慰的其实是她自己,可她依然在尽力帮助着别人。

有森抓着楼梯的扶手,敏惠沉重的脚步声逐渐靠近。真是个无比糟糕的时机,但他不能逃避。

"池村女士。"

他一开口,敏惠便抬起了头。有森想就平山的事向她道歉,但那些话却堵在喉咙里怎么也说不出来。敏惠立刻移开

第三章　名为正义之罪

视线，又低下了头。

敏惠就这样转身回到了咨询室。有森想追上去，双脚却动弹不得。无论说什么，都像是借口。

有森心中一阵剧痛。她的孩子被残忍地杀害了。经历了二十一年终于逐渐恢复了平静的生活，可好不容易抓住的犯人却因无能的警察而被释放……敏惠此刻会是什么样的心情呢？或许她已经不想再与有森有任何往来。

——走吧，事到如今……

有森深深低下头，无力地走下楼梯。

他多么希望能对敏惠说一句"对不起"。可道歉对她来说有什么用呢？无论说什么，都只是徒劳无益。

离开援助中心，有森缓缓走在拱廊街上。

说到底，自己只是想从敏惠那里得到宽恕而已。可现在对敏惠而言，自己该做的不是道歉，而是如那位资深记者所言，这次一定要坐实平山作为真凶的证据，将他绳之以法。

经过一家电器店时，一位老人看到有森突然尖叫了一声。老人满脸困惑，张大着嘴巴，略显慌张地打量着他。有森顺着老人的视线看去，目光停在了电器店的大电视上。

有森愕然，愣在了原地。

"我想听听你的真心话。你觉得平山是无辜的吗？"

电视上正播放着采访录像，画面上映出的是比今井更为熟悉的面孔。

"绝无可能。"

电视画面中自信断言的人正是有森，播放的是昨天在家与那个记者交谈时的内容。可其他部分似乎被剪掉了，只是不断重复播放着他对于平山的真实想法。字幕写着："在绫川事件中陷入舆论漩涡的前刑警断言：无论如何平山就是杀人犯！"

"平山就是杀人凶手。我是绝不会放弃的。"画面中的有森坚定地说道。

这是怎么回事……这些的确是他的真心话，但他从来没有同意电视台播放这些内容。是隐藏式摄像头录下了这些，然后转卖给了电视台吗？那个混蛋！有森感觉浑身的热血瞬间涌上了头顶。

记者完全没有得到有森的允许，这显然是对他的一种伤害。他只要提出诉讼一定能获胜。可此刻的他却好似失去了所有的力气。到底怎么回事？那个记者竟然出卖了他。明明自己只相信了他一个人……

有森抑制着想要大喊的冲动，走出了拱廊街道，登上了琴电。

今井、那位记者，还有那些突然变得陌生的人……对于他们的背叛，有森心中积压着无数的委屈。可再怎么怨恨也毫无意义。他心里满是悔恨，但在某种意义上来说，那个记者所说或许是对的。

平山是杀人凶手。既然确信这一点，就绝不能就此结束。在摇摇晃晃的琴电上，有森心里默念着：接下来该反击了。

第三章 名为正义之罪

2

烈日炎炎，一辆白色的小面包车驶出了停车场。

握着方向盘的是香川第二法律事务所的事务员。千纱坐在第三排的座位上，看着前排。

坐在熊旁边的男子头发斑白，正在车内四处张望。此人无业，正在服无期徒刑。

"平山，怎么了？"坐在副驾驶座的老人开口问道。他是平山的初中班主任老师，作为平山的支持者，曾在绫川事件的公审中为平山作证。

"别太紧张，媒体之流不值得在意。"

平山微微摇头，嘴角露出一丝轻松的笑容。

"没什么，我只是觉得这辆车声音很小。"

看来他并不是在担心媒体。这是平山第一次乘坐混合动力车，车子的静音效果让他颇感新奇。

"二十一年前，几乎见不到这种车子呢。"

"我一开始接触这种车子时也很惊讶，心想这么安静的话，车子靠近了都听不到声音，多危险呀。"

熊附和着班主任老师的话，拿出手机给平山看。

"平山先生，当时应该还没有智能手机吧？现在的手机不仅可以打电话，还可以上网、拍视频呢。"

平山似乎对此产生了兴趣，熊便教他如何使用手机。

"平山先生，今后你也会需要用到智能手机的。"

不久，小面包车从后门而非正门驶离。正门前挤满了记者，想要伺机拍摄平山出狱的瞬间。

一周前，经过再审申请审理，平山聪史的再审请求通过了。

通常情况下，即便再审申请通过，检察方也会立即向高等法院提出上诉，经过几年的唇枪舌剑之后才有定论，但这次却截然不同。判定平山有罪的两大依据分别是平山车内残留的毛发和他在审讯阶段的供述。然而当事人今井琢也承认了自己的违法行为后，这两项证据全都不攻自破了。

在随后进行的再审申请审理中，另一位当事人有森义男也承认了存在违法调查行为。不过，有森否认了是他指示今井放置毛发。当时的刑事部部长以及负责此案的检察官濑户口等人都被传唤，争论的焦点就在于究竟是谁指示今井放置毛发、对放置毛发一事是否知情，以及今井是否是单独展开行动的……这些问题都存在争议。指挥系统的责任最终仍无法厘清，但既然今井明确承认是他放置的毛发，那么判处平山有罪的依据就荡然无存了。

"不管怎么样，真的非常感谢你们。平山能平安出狱，全都仰仗二位。"

"不不不，我什么也没做，都是千纱的功劳。"熊连连摆手，而平山的老师则向千纱深深鞠了一躬。

"作为支援会的会长，我真是无能，一直以来什么也没能帮到他。这二十一年间，我到底在做什么呢。平山，真是对不起。"

面对老师的道歉，平山只是微微低下头，并没有说什么。

再审尚未开始，但应千纱的要求，近期高松地方检察院采取了停止执行刑罚的措施。根据刑事诉讼法第四百四十二条的规定："再审请求并不具有停止执行刑罚的效力。但管辖法院的检察官可以在再审请求的裁判之前，停止刑罚的执行。"根据这一规定，宣布平山停止服刑。即日起，平山长达二十一年的牢狱生活结束了。

"平山先生，今后有什么打算吗？"

对于熊的问题，平山苦笑着回答："先去扫墓吧。我想尽快告诉父母和妹妹这个消息。"

"啊，是啊，的确。"

"其实想早点告诉她的。在她自杀之前，告诉她：你哥哥的冤屈终于洗清了……"

熊点了点头。千纱看着悲伤不已的平山的侧脸说道："总之，接下来我们一定要赢得无罪判决。"

法院那边还有一些程序要走，但只要开始再审，无罪判决几乎是板上钉钉的。

再审申请通过后，很多人纷纷前来道贺，称这简直是个奇迹。因幼儿坠楼案而声名大噪的年轻女律师，这次又戏剧性地将几乎不可能是冤案的绫川事件推动至再审无罪……从某种意义上来说，如今的千纱可以说是炙手可热。但蜂拥而至请求采访的媒体也让她大伤脑筋。

车驶过濑户大桥,平山捏着自己头上的短发,俯瞰着濑户内海的群岛。

千纱看着他的侧脸,心中不由自主地闪过一个念头。

——犯人真的不是他吗?

千纱轻轻摇了摇头。不行不行……作为辩护律师怎么能有这样的想法。这种思维方式是典型的偏见,也是制造出冤罪的罪魁祸首。

就在不久前,全日本的民众几乎都一边倒地认为平山就是犯人。尽管现在已经停止执刑,但仍然有很多人怀疑平山是犯人。如此明确的违法调查被公之于众,人们却并不因此视平山为无罪。不仅如此,被警方怀疑的人就等于犯人,这样的固有观念还在人们心中根深蒂固。

"我有不少熟人,你要是想找工作的话,我去帮你打个招呼就行。但你现在也是名人了,恐怕还很难正常地去工作。在赢得无罪判决之前,你不妨先接受一些采访,过过悠闲的日子。未来的事,以后再慢慢考虑吧。"

"你要好好享受生活,弥补过去的遗憾。"

前班主任老师和熊两人自顾自兴奋着,但平山的脸上始终挂着忧伤的表情。

小面包车到了法律事务所。停车场里停着一辆陌生的车。熊说了句"我回来了",自动门像是给予回应般嘎吱嘎吱地缓缓打开了。千纱本以为大家会像当时欢迎自己那样热情,但

第三章　名为正义之罪

对于刚结束长期监禁生活的平山，事务所的大家却显得较为平静。

"已经来了吗？"熊向事务员穴吹英子问道。她微微点头，目光投向接待室。

"我让他先进接待室了。"

"是吗？辛苦你了。"

身材魁梧的熊走在前面，带着千纱和平山走向接待室。

打开门，一个光头男人正坐在那儿。一看到熊背后平山的身影，那男人立刻站了起来。

"该怎么说呢……"

男人一时之间不知该说什么好。这个光头男人正是今井琢也。作为前任刑警的他，在参与再审申请审理时却打扮得像个小混混一样，让人根本想不到是同一个人。就是这个男人，曾亲自审讯平山，并通过暴力手段强行逼迫他认罪。将受害者的毛发放在平山车中，让他被判无期徒刑的人，也是他。在开始再审申请审理前，平山曾称今井为"恶魔"。

"平山先生，真的非常抱歉。"

今井突然跪倒在地，道歉完后也一直没有起身，而是将头紧紧贴在地板上。平山一言不发，只是静静地看着跪在自己面前的这个男人。这位在二十一年前将他诬陷为犯人，将莫须有的罪名强加在他身上的男人，如今却又拼命乞求着他的宽恕。他会怎么想呢？多少应该觉得出了一口气吧？

"今井先生，多亏了你这起案子才得以再审。如果不是你

完全无罪

宁可与警察和检方为敌，也要说出这起案件的真相，恐怕根本不可能走到再审这一步。"

千纱犹豫着是否该说出这番话，最终她还是选择支持今井。在那种情况下，作出有利于辩方的发言需要莫大的勇气与觉悟。尽管他的正义如此怯懦，但这也是内心极度挣扎后的结果。而且比起至今仍未明确认错的刑事部部长和前检察官濑户口，他无疑要好得多。

今井已经下跪谢罪了三分钟以上。

熊一脸担忧，一会儿看看平山一会儿又看看今井。平山用冷漠的眼神俯视着今井，像是要看穿他的真心。

在令人窒息的氛围中，平山终于转过身去。

他就这么站着喝完了接待室里倒好的麦茶，甚至连里面的冰块都塞进嘴里咔嚓咔嚓地嚼碎。最终，平山没有对今井说一句话，便径直走出了接待室。

"那接下来就拜托你了。"

前班主任老师说完便转身追上平山，离开了事务所。听说他在丸龟市内为平山准备了新的住所。过了一会儿，今井也离开了事务所。

千纱松了一口气，坐了下来，一口气喝干了茶。

熊拿来一些信件和传真。寄来事务所的大部分都是对平山的鼓励和同情，但也有一些内容恰恰相反。

旁边的穴吹也表示："说的真是太过分了。"千纱低头看着那些信件和传真。

第三章　名为正义之罪

——大家都认为平山是杀人犯。警察好不容易才抓到犯人，平山要是又犯下类似的罪行，你们能承担责任吗？

——有媒体爆料过，在高木悠花事件中，明明有目击者证词，却无法凭此逮捕平山。警方想要将犯人绳之以法才不得已伪造证据，这样的心情也不是不能理解。类似事件在同一时期频繁发生，其实大家心里都明白，平山就是犯人。

——警察的确犯了错误，但平山是杀人犯的事实并没有改变。你们如今还把他塑造成了蒙受冤屈的悲剧英雄，说不定接下来他还会通过演讲和出版书籍而发大财呢。真是可恶，这个杀人犯。

千纱感到一阵恶心。前几天，电视上播放了有森的采访视频。他至今仍坚信平山就是犯人。如狂风骤雨般的批评涌向了电视台，但也有一些人赞同他的言论。并不是所有赞同者都与当年的警察系统有关，或许实际情况就像这些信一样，还有许多人坚信平山就是凶手。

一个人一旦被警方怀疑，只要没有找到真犯，就会一直被视为危险人物。这并非是对警方的信任，而是我们内心深处对强权的服从意识在作怪。因强权而被社会排斥在外的人，重返社会的难度远比想象的要高。

被宣判无罪就代表这个人与普通人无异……无论怎么努

力，这一观点也很难真正深入到普通人内心之中。如果被要求与一个被冤屈的"杀人犯"独处一夜，恐怕大多数人都会感到害怕。

"完全无罪真是艰难啊。"熊叹息着说道，千纱也深有同感地点了点头。

即便在再审中赢得了无罪判决，这种情况也不会改变。只要真凶依然逍遥法外，这一事件就不会被画下句号。

"欸？千纱，这就要走了吗？"

"嗯，还要顺便去一个地方。熊，你知道高木悠花失踪事件的目击证人现在住在哪里吗？"

"啊？你是说川田清先生吗？我知道的。你找他干吗？"

千纱表示自己无论如何都想见他一面，有些事情必须要向他问清楚。熊面露难色，但还是从已故律师吉田九十郎留下的备忘录中找到了川田清先生的地址，告诉了她。

"我还会再来打扰的。"千纱说完便离开了香川第二法律事务所。

即使打开车窗，车内依然热得难以忍受。千纱强忍着热浪，想等身体慢慢降温，但在汹涌的汗水下，最终还是打开了空调。

寻找绫川事件的真凶是公检法的工作，而不是律师的责任，但千纱心中始终惦记着别的想法。如果绫川事件的真凶与绑架千纱的罪犯是同一个人，那么对她而言，今后余生想要好好活下去，就必须要找到那个男人。

第三章　名为正义之罪

可目前几乎没有关于真凶的任何线索。千纱看了吉田九十郎律师留下的调查报告，他在寻找真凶的过程中并未发现任何可疑人物。硬要说的话，唯一的线索就是关于失踪的高木悠花的一段证词。当时，悠花正一个人在满浓町的公园里玩耍，住在附近的川田老人曾目击到一个年轻男人带走了悠花。

千纱驾车向满浓町驶去。在田园风光的尽头，一条乡间小路连接起了连绵不断的群山。千纱沿着这条路向前行驶，几处被栅栏围住的蓄水池映入眼帘。古老的村落中，一个小小的公园突然冒了出来。秋千、跷跷板、攀爬架等标配的游乐设施一应俱全，但却没有孩子在玩耍。

这是最后一次有人目击到高木悠花的地方。一开始，人们以为她可能是掉进了附近的蓄水池里，可在大规模搜查后依旧一无所获。经警方四处探访，名为川田的这位老人作证称目睹了平山绑架的过程。川田常在这一片活动，也曾去过几次绫川小学，与平山有过几面之缘。

虽然至今尚未发现尸体，但千纱还是犹豫着要不要致以哀悼，毕竟悠花生还的可能性已经微乎其微了。

她减慢车速，缓慢驶过单行道。因人口减少，空房子比比皆是。透过崩塌的砖墙，她看见了"川田"的门牌，随即停下了车。院子里杂草丛生，显然无人打理。蝉鸣聒噪。一只黑猫走来，想喝水瓶中浑浊的积水，但一看到千纱的身影，便跳过砖墙逃走了。

据熊所说，川田目前独居。他已经九十一岁，很难给出确凿的证词。车棚里停着一辆日间护理的车。千纱按下门铃，门铃似乎早就坏了，没有发出声音。

透过窗户，她看到阳台上放着一张护理用床，一个似乎是护理人员的女性正在给一位身材极为干瘦的老人喂粥。

"不好意思，打扰了。"

那名体重看起来有老人两倍的护理人员转过身来。

"没有提前打招呼就冒昧来访，实在抱歉，我有些事情想和川田先生聊聊。"

"啊？你是？"

护理人员回头看向川田老人，示意正如千纱所见，他已瘦成皮包骨头，身体堪忧。千纱递上名片，表示自己是一名律师，正在调查二十一年前的连环绑架案。而护理人员歪着头，一副摸不着头脑的样子。

"川田先生，这位说想和你聊聊。要让她回去吗？"

川田老人用瘦若枯枝的手臂缓缓招了招手。看来还是可以进行交流的。千纱略一低头致意，走了进去，直接开口道："那我就不绕圈子了。"

千纱将脸稍稍凑近，川田老人嘴巴半张着。

"川田先生，二十一年前，你曾看到一名男子带走了高木悠花，你确认那个男的真的是平山聪史吗？"

"啊，啊？"

他的回答完全分不清是肯定还是否定。或许是耳背的缘故吧。千纱提高了音量，又问了一遍。

第三章　名为正义之罪

"谁？悠花是谁？"

"就是在公园里被绑架的那个女孩，在二十一年前。"

"还有这种事？"川田老人瞪大了眼睛。

连这些事他都已记不清楚，更别提指认真凶了。但如果就此退缩，那来这里的意义何在？千纱又凑近了川田老人。

"二十一年前，在丸龟、绫川，还有这里发生了一系列绑架案件，你有印象吗？发现遗体的只有在绫川町被绑架的池村明穗，但还发生了另外两起绑架案件。"

"啊，发生过这种事吗？"

"我就是其中一个被绑架的人，松冈千纱。"

他那如松鼠般圆润的眼睛瞬间失去了焦点。这突如其来的冲击不仅让川田老人目瞪口呆，连护理人员也愣在了原地。

"二十一年前，你在公园里看到的那个人，真的是平山吗？"

没有回答。川田老人死死盯着千纱，纹丝不动。

"请你一定要想起来。平山已经被释放了，但这并不意味着他就是完全无罪的。你曾作证平山就是绑架高木悠花的那个人，所以才导致警方怀疑绫川事件也是平山所为。"

川田老人半张着嘴，却一个字都没说。继续等下去也无济于事，千纱继续说道："你应该知道平山曾被怀疑偷拍幼女吧？你是否因为这种先入为主的观念，所以才将目击到的那名男子误认为是平山呢？"

面对千纱的追问，川田老人眼中闪烁着泪水，嘴唇不住地颤抖。

完全无罪

"事到如今并没有人要责备你，只是想请你说出当年的真相而已。你是否能自信地确定当时看到的人就是平山聪史呢？请你一定要想起来……"

"喂，小姐，你差不多该适可而止了吧？"护理人员插嘴道，"他看起来很难受。"

确实，这样做几乎就是在虐待老人了。川田老人目光游移，嘴唇的颤抖波及全身，整个身子都在不住地颤抖。千纱意识到自己有些过火了，急忙道歉。川田老人似乎已经无法再继续开口说话了。过了一会儿，他逐渐平静下来，躺在床上开始打盹。看着安详入睡的川田老人的脸庞，千纱松了口气。护理人员表示，川田老人的心脏非常虚弱。

千纱向护理人员详细说明了情况，她也对此表示了理解。护理人员称，川田老人最近身体急剧衰弱，也到了这把年纪，估计活不了多久了。

"之后有机会我再帮你问下川田先生吧。"

千纱道谢后离开了川田家。

她是抱着万一有收获的话就是赚到了的心态来到川田家的，但老实说，最后还是一无所获。

车子行驶了一段时间，一座小山脚下出现了稻荷神社的身影。

已经多少年没来这里了？千纱停下车，准备上前参拜。这个小小的稻荷神社在千纱心中，无疑是命运的转折点。

二十一年前，在祭典上被绑架的千纱逃出了犯人的家。

第三章　名为正义之罪

逃跑时她走的全是山路，想要躲起来附近也没有房子。在没有一丝光亮的黑暗中，她拼命拨开草丛向前奔逃，这种感觉她至今难忘。至于从哪儿又是如何逃掉的，她却一点也不记得了。那应该是她一生中最疲惫的时刻。到最后，她疲惫不堪，失去了意识，直到黎明时分醒来，她才发现是神社后面的杂树林保护了她。

从地点上看，这里位于丸龟市附近的绫川町，离千纱家大约九公里。警方曾试图根据千纱衣服上残留的草和泥土来确定她被拘禁的地点，但最终未能成功。

在炎炎烈日之下，千纱用毛巾擦了擦汗，在附近散了散步。

果然还是毫无印象。当时四周一片漆黑，唯一还记得的就是那片油菜花田，还有关着她的那栋房子的构造、炉子旁的窗户刚好够一个孩子钻出去、附近听到了一个女孩的声音，以及那个怪物……

四处走动了一会儿，水瓶里的水也喝光了。今天就到这里吧。自己真的有朝一日能揭开真相吗？千纱思绪万千，抬头仰望着漫天的积雨云。

失去的东西，远比想象的要巨大。

平山聪史的再审已经进行了六次，或许很快就会结案，宣判无罪。审判长对当时的调查和审讯进行了严厉的批评，并提及了改革搜查本部的必要性。对警方来说，这无疑是极大的耻辱。作为当事人的有森被置于风口浪尖，差点面临刑事处罚，只是勉强逃过一劫。濑户口同样受到了追究，尽管他竭力否认，但在菲亚顿律师事务所的日子似乎也变得举步维艰。

自那以后，有森与刑警朋友的联系几乎完全断绝。自己这么说还有点难为情，但有森一向自认为颇有人望，从未想过自己会受到如此冷遇。

有森看着手机通讯录挨个拨打熟人的电话，一个都没打通。

可恶，还是不行吗？即使打给有亲戚关系的警察朋友，也没有得到任何回音，大家似乎都不想和他扯上关系。

他一直在思考，如何才能将平山逼入绝境。现在，警方、法院、媒体，所有人都成了有森的敌人，甚至就连池村敏惠都不愿意和他说话。她肯定也无法原谅有森吧。

在繁华的瓦町街区走了一会儿，几家商务旅馆映入眼帘，其中一些还有风俗店。这些明明是违法的，但在警方的默许下便能存在。这让他愈发觉得，罪与罚是如此不公。到头来，投机取巧者盆满钵满，踏实干活的人惨淡离场，难道这就是这个社会的本来面貌吗？

在春风庄这家风俗店的后面，静静矗立着一栋小小的独栋房子，门牌上写着"今井"二字。这里是今井的家。房子里一片漆黑，车子也不在，似乎空无一人。

有森朝今井以前常去的酒吧走去。

第三章　名为正义之罪

今井是个叛徒。作为警察，他无疑越过了底线。可如今，有森早已没了对背叛的愤恨。今井的脸上没有表现出来，但他肯定也有自己的苦衷。而现在能与他分享这种痛苦的，恐怕只有同病相怜的自己了。

好久没来这家酒吧了。店里明亮又时髦，流淌着轻快的爵士钢琴乐，让女士也能毫无压力地走入其中。这或许就是这家店取得成功的秘诀吧。店里客人不少。

在吧台前，有森看到了一个熟悉的小胡子男人。

"我想问你点事，方便吗？"

他随意点了一杯马提尼，身材稍显臃肿的老板一看到有森，就露出了尴尬的表情。

"今井人呢？"

老板低声回了句"不知道"。

"最近他都不来这里了。"

"你还是对我有戒心。别担心，就算今井背叛了警察系统，我也没打算要对他怎么样。我们现在处境相同，我只是想跟他谈一谈而已。话说，他辞职不当警察之后，过得怎么样？"

有森退休之前，这个老板曾因偷偷倒卖大麻·事欠有森一个人情。有森的现状他肯定了解，估计是害怕有森因此把那些事抖露出来。老板一脸无奈，叹了口气。

"赌博呗。今井的爱好你也知道吧？"

的确，今井好赌这事儿有森一清二楚，还曾警告他要适可而止。听说他之所以辞去警察这份工作，就是因为背上了一屁股赌债。

"他最后沦落到不得不借高利贷的地步，只能东躲西藏。"

这事儿有森从来没听说过。他竟然欠了将近四千万的债务。老板拿出一本书递给有森，封面上写着《名为正义之罪》。这是平山被保释后今井出版的书。

> 宁可放过一百个有罪之人，也绝不让一个无辜者受刑。

这就是作为刑事诉讼法基础的无罪推定原则。为防止产生冤案，警方必须谨慎调查，小心求证以确认事实。可事实上，在必须逮到犯人的强烈呼声下，调查机关若是已有成见，这一原则就会被扭曲。而一旦出现这种情况，便再也无法挽回。越是认真负责的刑警，越容易陷入如此境地之中。

> 绝对是那家伙干的。如果不是他，大不了我就以死谢罪。不让犯人逍遥法外，这就是正义。就这样，不知不觉间我渐渐忘掉了无罪推定原则，不再去谨慎审查嫌犯究竟是不是真凶。最终剩下的，不过是名为正义之罪罢了。

这本书或许并非今井亲笔所写，但无疑戳中了有森的痛

第三章　名为正义之罪

处。身为曾经的同事，有森不禁心中暗道：你还有脸说这种话。算了，毕竟书中的今井都表示痛改前非了，还痛斥自己是个人渣。

"光看这本书，是不是觉得今井把自己当警察时干的事儿一五一十全都坦白了？其实他在私生活方面完全不是他说的那样。书里说今井二十一年来一直在为所谓刑警的正义而苦恼不已，最终闹到了离婚的地步。但其实都是因为他出轨了，离婚后更是流连花丛。当年平山被判有罪后，他压根就没什么反应，还得意扬扬地说都是自己的功劳呢。"

"原来如此。"有森回应道。他也察觉到了今井并没有真正反省。可他为什么要坦白这些，硬生生把自己塑造成一个恶人呢？难道他心里其实另有盘算？

"这还是跟刚才说的事儿有关。"

"刚才说的事儿？"

"对，刚才不是说他欠了高利贷嘛。他现在的处境可相当不妙。但他却出版了这本书，又不停地上电视。的确，他说想把这些钱交给平山以示歉意，不过平山似乎拒绝了。到最后还不是用来还债了嘛。"

有森喝着马提尼，静静地注视着老板。

"换句话说，在这次事件中，今井通过出卖警察成了某种意义上的英雄。而对那些放高利贷的人来说，管他用什么手段，只要能还钱就行。嗨，嘴上说什么良心发现，我估摸着今井这是孤注一掷，把背叛警察当成做生意的手段了。"

145

完全无罪

"生意"这个词深深刺入了有森心中。恐怕今井料到自己会受到抨击,但对于主动承认罪行的人,社会往往会展现出出乎意料的宽容。揭露警方不正之举的吹哨人,大众无时无刻不在渴望着这样的人出现。等平山在再审中获得无罪判决之后,今井说不定会通过演讲受到社会的热捧。

没错,怎么想今井都不是那种会因为作为刑警的正义而苦恼的人。濑户口之所以坚信今井不会背叛,就是因为他是个纯粹的功利主义者。

有森继续向老板询问今井的消息,但老板如今对于今井的行踪和联系方式也都一无所知。

"有森先生你还是太较真了。"

有森将马提尼一饮而尽,又将一张一万日元的钞票递给老板,离开了这家酒吧。

雨刷器急促扫动,将雨水甩飞。

冒着这场突如其来的大雨,有森正开车前往高松地方法院。这次他并没有作为证人被传唤,但今天今井要出庭作证。旁听者通过抽签入场,排队的人络绎不绝,似乎离结案的日子已经不远了。

昨天他在今井家门前等了很久,今井始终没有出现。或许他和有森一样,为了避开媒体选择了搬家。但只要他作为证人出庭,就必定能在这里见到他。

在今井出现之前,有森耐心地在今井车前等待。

第三章　名为正义之罪

比起今井良心发现这样的天方夜谭，酒吧老板的推理更具说服力。有森心中也是如此认为，但不跟本人亲自确认一遍他始终不甘心。

如果今井真的改过自新，想要追求真相，那两人还有合作的可能。或许他心中也认定平山就是凶手。实际上，曾对平山施加暴力逼他招供的，正是今井。

雨势渐小，一名身材修长的光头男人撑着伞朝这边走来。是今井。幸运的是，公审似乎还在继续，周围并没有记者。有森在口袋中打开了录音笔的开关，又顺势取出打火机。

在车前抽着烟时，今井停下了脚步。

"……有森先生。"

"我有话要跟你说，方便吗？"

今井确认雨已经停了，便收起了伞。

"今井，你认为平山是无辜的吗？"

今井苦笑着，用小拇指轻轻挖着耳朵。

"这个问题我已经在各种地方回答过了。"

"我没听过。"

今井叹了口气。

"平山聪史是无辜的……我想我应该这么说。为了平山我必须得这么说。只要我愿意，说多少遍都行。但做出那些事情的我根本没资格谈论这些。"

"真是模范回答。"

听着有森的嘲讽，今井的眼神变得有些严肃。这个家伙乍一看似乎洗心革面了，可最终还是在逃避那个最艰难的答案。他掩饰着自己的内心，绝不透露出仍相信平山是杀人犯的想法，就像是有人一手安排的一样。

"刑警的本分就是抓捕罪犯，维护治安。你曾经不也是个刑警吗？如果你觉得平山是犯人，就应该忠于自己的想法。"

有森凑近今井的脸，吐出一口烟雾。

"是吗？那么我就说实话吧。我认为平山聪史是冤枉的。都是因为我们的错才闹成现在这个样子。真凶另有其人。"

"你是认真的吗？"

面对有森的反问，今井回答道："是的。"

没错，这家伙是害怕被录音。有森心中闪过一丝明悟。今井似乎提防着自己，担心自己像那个记者一样，偷偷把他们的对话给录下来。不过嘛，他倒是担心对了。

"那我再问你一个问题吧。你是不是排练过？"

"排练？你是指什么？"

"就是公审中你的那段自白。你装作对松冈千纱充满同情，所以才说出真相。其实你一开始就打算承认的，对吧？"

"怎么可能？"

今井的眼神开始游离。从当刑警那时起这家伙就是这样，总是掩饰不住自己的情绪，对预料中的事情能应对自如，但一旦遇到意料之外的事情就会手足无措。

有森继续说道："为了还债，你打定主意成为一个叛变刑警。虽然不得不承认自己的恶行，但反正继续这样下去也只有死路一条，所以你干脆背叛警方，以此换得社会的宽容。运作得当的话还能赚一笔钱，毕竟放下屠刀的恶人总是更受欢迎。"

今井面色苍白。他的推测果然是对的。可这仍只是推测，缺少确凿的证据。今井的嘴唇微微颤抖，随即似乎又意识到有森并没有证据，逐渐恢复了平静。

"有森先生，随便你怎么想，这都是你的自由。"

今井勉强挤出笑容，掏出车钥匙。

"今井，想不想一起追求真相？"

"啊？"

"正如我刚才所说，你是不是也认为平山才是凶手？如果你心里还有作为刑警的尊严，哪怕只有一点点……"

有森抓住了今井的手臂，可今井像是碰到了什么脏东西一般，一下子甩开了有森的手。他的眼神简直就像是在俯视那些无法适应社会的人一样。

"平山是无罪的。"今井在有森耳边小声说道，"即便他不是无辜的。"

"今井，你……"

有森一把抓住了今井的衣领。今井立刻大喊呼救。

停车场附近很多人闻声而来，有森下意识松开了手，今井却继续夸张地大叫着。

当有森视线转开的一瞬间，今井趁机在车子的遮挡下一把推开有森。他的脸上浮现出狡诈的微笑。录音笔从有森口袋中滑出，落进了水洼里。有森刚想捡起，今井却用膝盖狠狠地给他肚子来了一下。有森反击无果，捂着肚子蹲了下去。

"你没事吧？发生了什么？"

"今井先生，咦，那个人是……"

不久后，人们聚集过来，围成一圈。

"不好意思，我没事的。"

今井表现得像在维护有森一样，同时又解释说自己是被有森袭击了。这个家伙果然是个彻彻底底的恶棍。"混蛋！"有森用嘶哑的声音吼道。但从人们的眼神来看，他们显然更支持今井。可恶……怀着无奈的心情，倒在地上的有森仰望着今井脸上那张貌似老实的假面。

今井踹在肚子上的那一脚已经好了。

真是熟悉的踢法，能够让对方痛得蜷缩在地上，却不会出现明显的内出血或器官损伤。当年审讯平山时，今井就是这么对他的。

有森垂头丧气地上了车。即便是为了正义，但伪造证据的警察注定就是如此下场吗？这份罪孽将伴随自己一生吗？他漫无目的地开着车，不觉间导航竟显示到了绫川小学。

他曾无数次来到这里。

有森站在河边桥头的地藏像前。二十一年前，在这里发现池村明穗的遗体时，他发誓一定会将犯人绳之以法，并坚信平山就是凶手。

可现在自己究竟还能做些什么呢？

第三章　名为正义之罪

　　苦思冥想也没有答案。即便再审开始，他也毫无招架之力。检方已经承认了自己的罪行并道歉。可道歉不过是将所有罪责推给过去的人，保护现在的自己。这就是断尾求生吧。

　　"明穗，对不起。"

　　悔恨的泪水几乎夺眶而出，有森向池村明穗的亡灵祈祷着。杀害你的人就是平山对吧？怎么能把他这种人放了呢？都是我的错。但我不会放弃的。我会再次将平山逼入绝境。就让我为你报仇吧，哪怕豁出这条命我也心甘情愿。有必要的话我甚至可以跟他拿着刀决斗。可即使我亲手杀了他，也无法昭雪你的冤屈。真相将被掩埋在黑暗之中，成为一个疯狂刑警的无端怨恨。

　　他双手合十，闭上眼睛。不知过了多久，当他回过神来，四周已被夜色侵染。他正准备回去，手机却突然响了。

　　事到如今还有谁会给自己打电话呢？屏幕上显示的是公用电话的号码。有森心中无奈，接通了电话。

　　"是有森义男先生吗？"

　　电话那头传来的声音经过了处理，连男声还是女声都无法分辨，就像是绑架犯一样。

　　有森犹豫了一下，回应道："是的。"

　　电话那头就以这样的声音说了句道歉。是恶作剧吗？最近根本没人联系他，所以他放松了警惕，或许该换个号码了。

　　"我希望你能继续努力。"

　　"既然如此，为什么要刻意变声？"

"你也别挑刺了。我这边也有苦衷,希望你能理解。"

有森试图通过语调和气息判断对方的年龄和性别,但仍毫无头绪。从对方的话来看,应该是支持他的。可这种话谁都能说,或许是想让他放松警惕,然后将他再次推入深渊。

"平山聪史就是杀人凶手。"

有森愣住了。如此笃定的话语隐约透露出了此人坚定的信念。这些话毫无转圜之余地,就像是掌握了某些隐情。

"你为什么这么认为?"

"这个嘛,以后慢慢告诉你吧。不过我希望你能知道,还有像我这样支持你的人存在。"

这些话太可疑了。在穷途末路之中,忽然有人温声道自己也是志同道合之人,这固然令人欣慰,但这种可疑的电话里传来的鼓励话语完全无法令他动摇分毫。

"你有什么目的?你到底想做什么?"

"我想跟你做个交易。"

"交易?什么意思?"

电话那头的人没有回答,只是轻笑一声。

"我会再联系你的。"

对方没有进一步回答有森的问题,而是径直挂断了电话。交易?什么意思?真是无聊。有森长舒了口气,抬头望着夕阳残照的天空,心中隐隐有一丝预感。雨点如子弹般接连不断地滴落在他的脸颊上。

稍歇片刻的雨再度倾盆而下,将街边的路灯氤氲得朦朦胧胧。这场暴雨让这个宛如火炉般的夏季终于得到了些许缓解。

下了地铁，走上藏前站的阶梯，一阵闷热的风拂过脸颊。

尽管外面的炎热让人窒息，千纱内心的炽热却也不输分毫。踏入警察署后，千纱在接待处说明了情况，便向会面室走去，准备与嫌疑人见面。

"啊，好的，请来这边。"

千纱被带到了一间狭小的会面室，透过如同孔洞奶酪般的亚克力板，千纱看到了一个熟悉的年轻男子的面孔。

因故意伤害罪被拘留的正是二十一岁的田村彪牙。他的袖口卷起，露出蜘蛛网般的文身。满头金发已露出了黑色的发茬，一看就是长大后的不良少年。

看到千纱后，彪牙坐在那儿，抬起一只手打了个招呼。

"嗨，千纱大律师，又要麻烦你咯。"

彪牙毫不在意地露出满嘴被香烟熏黄的脏牙，千纱毫不掩饰地皱了皱眉头。真是的，他究竟在搞什么鬼？千纱怒火中烧，故意沉默了片刻，用冷漠的目光盯着他。

"别生气嘛，不过你的心情我也能理解。"

他们第一次见面是在几个月前，也就是幼儿坠楼案发生时，彪牙因涉嫌导致交往对象的孩子死亡而被指控杀人罪。

完全无罪

千纱正是在这起案件中赢得了无罪判决，从此在业界名声大噪。然而不到半年，彪牙又因其他事件被捕。

"田村先生，首先我们来确认一下案情事实，请如实回答。在这次的伤害事件中，你对受害者施加了暴力，是这样吗？"

"那我也没办法啊，起码算半个正当防卫吧？"

"你只需要回答事实。"

"啊……"彪牙就像坐在老板椅上似的瘫着，叹了口气。

根据他的说法，事件非常简单。他在工地干完拆迁房屋的活儿后，去了一家拉面店，碰到了一个素未谋面的男人。这个男人挑衅彪牙称："其实就是你把那孩子推下去的吧？"彪牙强忍着无视了那个男人，但那人离开时的一句话又惹毛了他，这才动了手。

"他说了什么？"

"他说：'你就是杀人凶手。'"

千纱听完有些后悔刚才的态度。这句话的确非常过分，但无论受害者说了什么，彪牙的暴力行径都是不容争辩的事实。受害者鼻骨骨折，根据医院诊断书显示，需要休养一个月才能痊愈。

"很过分对吧？这是语言暴力，我肯定是正当防卫啊。"

千纱忍住了想叹气的冲动。彪牙肯定了自己的暴力行为，可这毫无疑问就是故意伤害罪。没有任何迫在眉睫的不法侵害，自然也就不存在正当防卫这一说法了。在彪牙的认知里，所谓的正当防卫就是只要对方说了让他不爽的话，他就有权

第三章　名为正义之罪

攻击对方。

"详细跟我讲讲当时的情况吧。"

彪牙嘴上说着"明白了、明白了",但还是满脸不耐烦。当时拉面店里有很多顾客,有好几个人可以作证。他本人也承认了施暴行为,这样一来,无罪辩护就是痴心妄想了。

"我是初犯,应该可以缓刑的对吧?简易审判庭应该就可以解决吧?"

不知道他从哪里得来的消息,对司法程序似乎颇为了解。的确如他所说,案子很有可能就是这样判的。

"再说了,我的辩护律师可是你呢。"

即便赢得了无罪判决,彪牙依旧遭受了不少偏见,像这次这样的言辞他或许也不是第一次听到了。可这些事与此次案件不能混为一谈。如果说辩护律师应该为被告人争取一个最好的结果,那这次让他承受严罚说不定对他更好。

"之前那么大的案子都能无罪释放,这种案子嘛,连个屁都不是。弄个缓刑就跟打个哈欠一样简单……要说起来,松冈千纱大律师连平山聪史再审案都能打赢,要是我这种小案子还给判了实刑,那岂不是颜面扫地啊。"

千纱用冷冽的目光瞪着彪牙。

平山在再审中被判无罪释放。高松地方法院痛斥了调查机关伪造证据的行为,并批评这一行为极大地违反了正义原则,令人作呕,言辞中罕见地充满了感情色彩。同时,高松地方检察院也承认了当时调查中自身出现的错误,并提出应

完全无罪

该从根本上对调查机关存在的结构性问题进行检讨。让地方法院、地方检察院说出如此话语,绝非寻常。千纱这次的确将警方和检察院打击得体无完肤。

正当千纱沉默时,耳边传来了咂舌声。

"喂,你怎么不说话?你这样也算是律师吗?"彪牙一脸愤怒地指责道。

千纱心想,该生气的是我才对吧,你知不知道自己做了什么?彪牙这样的行为无疑是对信任他的人的一种背叛,那些对他心怀不满的人此刻估计正在洋洋得意呢。

"现在我可以说了。那个小混蛋就是我杀的。"

彪牙突如其来的坦白让千纱瞪大了眼睛。

"那个老太婆说的都是真的。"彪牙嘴角挂着邪恶的微笑,继续说道,"你听好了,要是你让我被判实刑的话,我就把这件事捅给那些周刊杂志和媒体。虽然这么一来我也够呛,但作为律师界女英雄的你,可就颜面扫地了。相较起来,还是对你的伤害比较大哦。"

彪牙居然开始威胁她。真是个混蛋……

"听好了,必须要让我胜诉!"

四周陷入了沉默之中。这个男人敢出言恐吓,但恐怕并没有勇气付诸行动。可他这番话依旧在千纱心中留下了伤痕。

——是我杀的。

或许这是她第一次触及彪牙的本来面目。在幼儿坠楼案中,自己居然没能看清这个男人,还以为是他的外貌和言行举止招来了偏见,甚至还对他心生几分同情。真是愚蠢。

千纱盯着彪牙的眼睛,突然站起身。

"田村先生,抱歉,我决定辞去你辩护律师一职。"

彪牙"欸"了一声,一下子愣住了,整张脸血色全无。千纱转过身去,彪牙便连声呼喊:"等一下!"

"我开玩笑的!都是玩笑话!我绝对不会说出去的!"

他显然没想到千纱根本不吃这一套。真是个无可救药的男人。千纱心中懊恼不已,但还是又坐了下来。

"我没有杀人,真的没有杀人。我之前说的都是真的。求求你了,我真的不想坐牢!"

接下来的彪牙变得乖巧许多,摆出了一副痛改前非的模样。千纱冷着一张脸离开了警局。

平山终于赢得了无罪判决,接下来要为他举办庆祝派对。

与田村彪牙会面后,千纱心中郁郁,想着正好借此机会调整调整情绪。

现在回家的话可能有点来不及了,但跟嫌疑人会面穿的这身衣服也不太适合去参加派对。千纱在化妆间里戴上了带米的耳环和项链,梳理好头发,看上去还挺像那么回事。她这才松了口气。平时从不涂口红的她今天还久违地涂了口红。凝视着镜子里的自己,千纱犹豫片刻,还是摘下眼镜,走了出去。在青山一丁目附近下了地铁,千纱深吸一口气。一出站就能看到派对会场,不需要用手机导航。

走向接待处时，工作人员一看到千纱的脸就立刻站了起来。

"啊，请进。"

千纱靠刷脸走进了会场。派对在这家酒店举办，采用的是自助餐会的形式。举目望去，大多是律师界人士，还有一些大学教授和援助团体的相关人员。

会场中央的大屏幕上播放着再审判决后的影像，举着"完全无罪"横幅的正是千纱。看到自己在屏幕上的身影，她感到有些害羞，不过或许这一刻就是她一生中绝无仅有的辉煌时刻了。

得知千纱来了之后，会场霎时响起了热烈的掌声，真是让人难为情。之前事务所的同事们也为她举行了庆祝会，她兴奋过头，一下子就喝多了。所以千纱决定今天一定要滴酒不沾，手里只拿着一杯乌龙茶。

会场上还看到了平山的身影。他正与其他律师和支持者聊得火热。不过大多数时候都是周围的人高谈阔论，平山自己只是站在旁边，偶尔喝几口酒。平山旁边坐着一个熟悉的面孔。那位短发绅士正是今井。在他身边有个漂亮的女人，似乎相谈甚欢。

"冒昧打扰诸位交流，实在失礼。"

拿着麦克风开始讲话的是日本律师联合会的高层。他说要进行一段简短的发言，结果啰里啰嗦讲了一堆无聊的空话，在场的来宾开始窃窃私语。

"因此，这一判决在历史上具有非常重要的意义。社会上

第三章　名为正义之罪

仍有一些人怀疑平山先生是否真的是犯人。我深切地感到，我们必须与这种偏见斗争到底。"

"哎呀，松冈小姐，真是辛苦了。"

走过来的正是高级合伙人真山健一。

"咦？你把眼镜摘掉了啊。越来越有女主角的架势了哦。"

"啊，没有，只是今天没戴而已。"

"是吗？还是不戴眼镜比较漂亮哦，要是一直不戴就好了呢。"

千纱有些害羞地低下了头。她鼓起勇气才摘下了眼镜，现在觉得不摘可能更好……

平山在再审中获得的无罪判决震撼了整个律师界。菲亚顿律师事务所的松冈千纱一战成名，真山的声望也水涨船高。千纱小声告诉他，自己刚刚和田村彪牙会面回来。彪牙此次所犯事件几乎没有媒体报道。的确，这只是一个非常普通的伤害案而已，但田村彪牙因幼儿坠楼案早已成为国民公敌，这次他又掀起风波，千纱本以为媒体会大肆宣扬一番，结果却如此风平浪静。

"田村彪牙的事情确实麻烦，但你也不用太放在心上。"

真山与各界名人都保持着良好的私交，或许正是他在暗中帮忙压下热度。

被人重视的感觉自然难能可贵，但千纱心中也越来越犹豫要不要继续待在菲亚顿律师事务所。她之所以有这个想法，并不是因为要跟田村彪牙这样浑身毛病的嫌疑人打交道，也不是因为自己被安上了名不副实的女英雄名号，她只是想为

159

绫川事件彻底画上句号。

"我能理解你的心情,去追查真凶吧。"

千纱愣了一下,抬头看向真山。

"当然,要是你能留下来自然再好不过。但如果总是心怀犹疑,不如早点辞职。之前我不就跟你说过了吗?只要自己心中认定了真相,就一定要彻查到底。"

千纱沉默着点了点头。

"先查清真相,等你自己对绫川事件有了结论之后,再考虑未来的事情也不迟。留在当地做律师也是个不错的选择。当然,只要你愿意,随时都可以回来。你的位置我会一直为你保留的。"

真山的话像是完全看透了她的心思。千纱心中一阵感动,没想到他会为自己考虑得如此周到。

"真山先生,我真的不知道该怎么感谢你了。"

千纱一再向真山道谢,然后离开了他身边。

刚才和真山交谈时她就看到一个身材魁梧的律师。千纱向他挥手,熊愣了一下,随后像突然想起了什么似的,目瞪口呆地叫出了千纱的名字。

"我还以为是不认识的人呢,感觉今天你和平时完全不一样啊。"

"那就抱歉了,这可是今日限定,我感觉一点都不习惯,以后都不这么打扮了。"

"啊,我不是那个意思。怎么说呢……"

第三章 名为正义之罪

熊似乎有些难以启齿。果然,自己还是像往常那样比较好。不,比起这些,她现在更迫切地想把真山刚才说的那些分享给熊听。她现在可以放手调查绫川事件了。只要她愿意,甚至以后都可以留在老家了。兴奋的情绪再次涌上心头。

可熊却比千纱更加兴奋,在她开口之前就说出了一句让千纱大感意外的话:"我可能要来东京了哦。"

"欸?真的吗?"

"刚才真山先生跟我说的,问我要不要去菲亚顿律师事务所工作。"

"他可太会打算盘了,这不就是交换球员吗!"

"交换球员?"

千纱回应道:"嗯,我说不定要回香川了。"

不知为何,熊半张着嘴,一副不知所措的样子。

"熊你一定能在菲亚顿律师事务所出人头地的!"

"啊,不过仔细想想,东京物价那么高,可能我还是比较适合乡下的生活吧。"

"我可以给你介绍一些郊区比较便宜的公寓。"

"不用了,可是,那个……"

熊突然有些消沉。

日本律师联合会的高层仍在发表讲话。说是简短发言,但已经讲了二十分钟了。千纱和熊不停吐槽着这个家伙。就在这时,就像是在抗议这冗长的演讲,突然传来玻璃破碎的声音。千纱和熊几乎同时朝那边看去。他们的目光锁定在了

完全无罪

一名女性身上。

"哪有什么冤罪，他就是杀人犯！"

一名看上去四十多岁的女性将一杯红酒倒在了平山脸上。

酒似乎流进了平山的眼睛，他捂着脸蹲了下去。那个女人薅着平山的头发，歇斯底里地叫喊着："这个杀人犯！杀了那么多女孩的怪物！这样的怪物就应该被判处死刑！你们真的要就这么放过他吗？"

很快她就被保安抓住了。

千纱本以为她是喝醉了，但女人脸上的神情却格外认真。

"其实你们心里都明白，平山就是杀人犯，对吧？真的没关系吗？真的可以就这样让他逍遥法外吗？如果再发生什么事，你们能负责吗？"

在被带走的过程中，这名女性依然在大声喊叫着。大家都很担心，纷纷围拢到平山身边。平山一直蹲着，但似乎并没有受伤。他接过递来的湿纸巾，擦了擦脸，表示自己没事。

千纱本以为派对会因此中止，但出席者们表现得非常沉稳。伴随着幽默的安抚声，派对似乎恢复了正常，到了时间便自然而然地结束了。

千纱与到场来宾一一道别后，和熊一起离开了会场。

"感觉真让人不舒服。"

"是啊，果然什么样的人都有。"

后来得知，冲进来的那位女士与绫川事件并没有任何关系。她似乎是看了电视报道后，坚信一定是平山杀害了池村

第三章　名为正义之罪

明穗，决定自己必须要做点什么。

"哪怕洗清冤屈重获自由，却依然难以摆脱这些偏见。"

"这确实是个很难解决的问题。"

"所以千纱你能勇敢面对过去，一直奋战到了今天，真是太了不起了。如果是我的话，肯定是做不到的。不过，接下来肯定还会有很多艰难险阻，今后我也会继续给你帮忙的，如果你不介意的话。"

千纱微笑着表示感谢。从四国远道而来的客人都住在会场那家酒店，熊却偏要送她到日比谷线的车站。

"千纱，再见。"

"嗯，那再见了。"

熊似乎还想说些什么，但最终也只是沉默着挥手告别。千纱也轻轻挥了挥手，在车站入口处和他分开了。她决定快点回去。明天还有案件要准备，不能拖太晚。

她正准备走向楼梯，身后忽然传来了声音。

"松冈小姐。"

千纱转身一看，是平山。

或许是因为喝了酒的缘故，他的脸微微泛红。温热的风拂过脸颊，千纱突然想到，熊已经离开，四周空无一人。此时此刻，在这个地方，又只剩下了她与平山二人……第一次见面时的那种恐惧感再次浮现在了心头。

为什么会害怕？平山已经无罪释放，再也不是那个涉嫌杀害了池村明穗的杀人犯了。

"刚才真是不容易啊，平山先生。"

她微笑着，表情却无比僵硬。仔细想想，自宣判无罪后，不，甚至自从他被释放之后，平山从未主动与她交谈过。如今他却特意离开酒店来到这里找她，究竟是为了什么？

"有什么事情吗？"

"我想感谢你，之前一直没跟你道谢。"

"是吗？不过我能感受到你的心意。"千纱故作镇定地回应道。

平山小声说了句"谢谢"，千纱稍稍提高声音道："不用放在心上。"

平山嘴角上扬，眼神里却毫无笑意。

一辆车缓缓驶过两人面前。

"谢谢你，让我这个杀人犯无罪释放。"

"欸？"

平山的话被车声掩盖，但千纱确定他的确是这么说的。

"平山先生，你刚才说什么？"千纱追问道。但平山没有回应。

不知何时，平山已转身离去。千纱追赶不及，只能死死凝望着他的背影。燥热的晚风稍显迟缓，许久后才漫上她的身躯。

第四章

怪物之家

1

"哈……哈……哈……"

身穿浴衣的千纱拼命逃着。她穿过油菜花田,跑入了山道。不知该往哪儿逃的她只好用尽全力奔向有光的地方。

回头一看,那个大个子男人又追近了。

她跑了一会儿,发现石子路上有根铁棍。千纱把那根铁棍捡了起来,紧握在手中。回头看去,那个怪物正流着口水,慢慢向她逼近。好可怕。不能一直这么逃下去了。千纱鼓起所剩不多的勇气,奋力一跃而起,一铁棍敲在了怪物的头顶。

"嘎啊!"怪物发出了一声悲鸣。

有用!此时的千纱无比恐惧,却还是闭上眼睛,用力挥舞着铁棍。终于,怪物安静了下来。打败它了吗?即便如此,千纱仍不停用铁棍痛殴着怪物,想让它再也无力作恶。渐渐地,怪物没有任何反应了。

第四章　怪物之家

千纱睁开眼睛，怪物依然躺在那里。

它的嘴里好像正嚼着什么。千纱小心翼翼地探头过去，想看看怪物嘴里啃食的究竟是什么。

是千纱的左臂。

千纱一声尖叫，铁棍应声而落。她紧紧捂住空空如也的左侧臂膀，一次又一次发出绝望的悲鸣。怪物舔舐着左臂，一口吞下，然后张开大嘴，向千纱扑了过来。

"为什么会这样？救救我！谁来救救我……"

伴随着声声尖叫，千纱猛然惊醒，站在床前的父母却并没有表现出多少惊讶。

她是开着空调睡的，此刻却已浑身湿透，连衣服都被汗水浸湿。返回丸龟老家的千纱，今天又做了那个噩梦。

"对不起，我好像又做噩梦了。"

她勉强挤出微笑，母亲却回以叹息。千纱在东京把堆在手头上的工作完成后，按照真山的建议，暂时回到了老家，准备追查绫川事件的真正凶手。平山已经获得无罪判决，辩护律师却还要继续展开调查，这样的举措显然非比寻常。之前她几乎没怎么休过假，这次姑且算是休息休息吧。

作为律师，除了年末，最忙的要数暑假了。因为大多数法官会选择在这个时间段休假，导致工作进度滞后，连累律师也得加班赶工。因此，千纱心里既有些愧疚，也对真山的提议感到由衷的感激。

早餐是酱油豆，千纱一脸轻松地说着"真好吃"，但父母的脸上依然挂着一丝担忧。

"真山先生不也跟你说要好好休息嘛。"母亲喝着米味味噌汤，开口说道，"要不要叫上朋友一起出去玩？"

"算了吧，大家都忙着结婚和带孩子呢。"

吃完饭，千纱逃也似的匆匆出门。

在她心中翻腾起漩涡的并非噩梦。在去往香川第二法律事务所的路上，她经过了一栋小房子。车棚里停着一辆橙色的车，上面挂着"铃木"的门牌，但住在那里的已经是其他人了。

——谢谢你，让我这个杀人犯无罪释放。

派对结束后，平山确确实实对她说过这句话。这句话究竟是什么意思呢？从那以后，千纱一直想问他，却始终没能开口。宴会时有个奇怪的女人突然闯入闹事，他又喝了酒，或许后来说的这些话只是因为受到打击而有些自暴自弃。然而，那句自白却一直像一根刺一样，深深扎在千纱的心里。

经过平山的住处，千纱来到了香川第二法律事务所。

"啊，早上好。"事务员穴吹小姐笑眯眯地指了指接待室。

"听说松冈律师要来提供法律咨询后，报名的人多得不得了。估计接下来会很累，松冈律师你千万别太勉强自己哦。"

"嗯，那是当然。"

千纱回答得轻松，但实际上真的是忙得四脚朝天。法律咨询业务多到让她完全没空处理其他工作，一整天都在应对各种咨询。有些法律问题很是棘手,但更多问题其实只需要稍微一点点法律知识就能轻松解决。

上午的时间就在处理各种法律咨询中度过了。

"辛苦了,松冈律师。"

穴吹端来了茶。千纱趁机问起平山的近况。

"啊,平山先生?他说想找份工作,但目前这段时间都在参加各种洗清冤罪的活动。一个月前他还重新考了驾照,买了辆二手车,现在正开着到处跑呢。"

听起来过得相当悠然自在。

"刑事赔偿金几乎全额发放,大概有九千万日元。毕竟他被无辜关押了二十一年嘛。哎,就当是这二十一年的工资吧。"

据穴吹所说,甚至有支持者开始给平山相亲了。

"他性格比较内向,可能适合那种能主动引导他的人吧,比如知心大姐姐类型的。不过说不定会有人冲着钱故意接近他呢。平山先生不太擅长跟女性打交道,真是让人担心。哎呀,好姑娘到底去哪儿了呢?"穴吹兴致勃勃地说着,把相亲说得跟捡橡果似的。

"松冈律师有考虑去相亲吗?还是说已经有心仪的人了?"

"没呢,我现在还不想考虑这些。"

"熊先生怎么样?说不定他对你也有意思哦。"

穴吹用手肘轻轻碰了碰千纱。

"怎么会?不可能啦。"千纱连连摆手。

说曹操，曹操到，不知什么时候熊已经回到了事务所。他上午似乎参加了一场民事诉讼，此时一脸沮丧地把包放在桌上。

"嗯？难道打输了？"穴吹惊讶地问道，熊摇了摇头。

"不，赢了。"

但不知为何，熊还是一副垂头丧气的模样。他下午还有民事案件和调解要处理，估计会很忙，可现在能和千纱商量平山一案的人也只有熊了。

"熊，能和你稍微聊一下吗？"

"嗯？什么事？"

"作为辩护律师说这种事情可能有些奇怪，如果拼命辩护让被告人成功无罪释放后，却发现他其实就是真凶……那该怎么办呢？"

熊眨了眨眼。为了避免他猜到是在说平山，千纱特意提到了幼儿坠楼案件的嫌疑人田村彪牙，试图蒙混过关。

她本以为熊会陷入沉思，没想到他回答得相当干脆。

"那也是没办法的事。"熊抱着胳膊，若有所思地点头说，"如果被告人提前就说明了自己是杀人犯，但还是恳求我们打无罪辩护，那或许还会纠结该如何是好。但等到判决之后才发现的话，那真的是无能为力了。当然，发生这种事心情肯定好不到哪里去。可身为辩护律师，我们本来就是要与这种风险抗争的。"

熊解释得已经足够清楚，可反过来说，其实这些道理千

第四章 怪物之家

纱自己也明白。她本想更深入地聊聊平山在宴会后的自白，却总觉得有什么无形的障碍在阻止她开口。

"我出去一下。"

千纱以调查绫川案件真凶的名义开车离去。然而，在平山被判无罪后，调查彻底失去了方向。除了平山，并没有出现其他嫌疑人。

她的思绪不由自主地转向平山。千纱决定直接开车去往平山家，问他那句话到底是什么意思。如果只是自己想多了，那最好不过。但如果真如字面意思所言，那自己就等于亲手放走了一个杀人犯，甚至可能是在为绑架自己的凶手辩护。

今天天气依旧炎热，千纱调低了车内空调温度。当平山的家出现在视野之中时，恰巧一辆橙色的车从中驶出。千纱放慢车速，保持足够的距离，悄悄跟在平山车后。他要去哪里呢？虽然跟踪并不是辩护律师该做的事，但她实在忍不住好奇。

平山的车上贴着新手标志，开得很慢。为了避免被发现，千纱也小心翼翼地保持着距离。车子沿着海岸线行驶，右手边是濑户内海的群岛。从海岸寺海水浴场一路与电车并行，驶向津岛神社方向。告别予赞线后，绕着紫云山山所在半岛开了一圈，又继续向南驶去。

如果平山有明确的目的地，那这条路线未免太过迂回了。千纱一度担心会跟丢，但平山只是沿着海岸慢慢行驶，跟踪反而出乎意料地顺利。或许他只是单纯享受着兜风的快乐吧。

平山在池村明穗案件中遭受怀疑时，曾声称被害人死亡时自己正在开车兜风。今井和有森将这份答案认定为谎言并穷追不舍，但平山似乎真的很喜欢开车兜风。

车子最终停在了父母滨海水浴场。

千纱先开过浴场，然后掉头返回，在停车场寻找平山的车。橙色的车非常显眼。从车上下来的平山穿着短袖短裤，戴着墨镜，脖子上还挂着毛巾，远眺着濑户内海散了一会儿步。

穿着西装走在海滩上显然太过违和，千纱在附近的商店随便买了Ｔ恤、帽子和凉鞋换上。她很快找到了平山的身影。他坐在遮阳伞下，喝着罐装果汁，目光时不时扫过沙滩上的游客。

虽然不是周末，但正值暑假，长长的海滩上人潮涌动。许多情侣、亲子在海里游泳或嬉戏，还有许多和当年的千纱、池村明穗、高木悠花年纪相仿的女孩。

难道平山是为了满足自己的癖好才来这里的吗？不，不能轻易怀疑他。自那之后，千纱总是不由自主地往坏处想。平山被监禁了二十一年，这才刚刚重获自由。或许这里是他充满回忆的地方，怀念过去不也是人之常情吗？

时间平静地流逝。

平山纹丝未动，只是静静地看着去而复返的海浪。他一定思绪万千吧。或许他正沉浸在与家人的回忆中，也或许正在思考未来的生活。

第四章　怪物之家

这片海滩在退潮时，会像镜子一样辉映着夕阳，美不胜收。千纱以为平山是想观赏这一幕所以在此等待，但夕阳还未完全落下，平山就站起了身。

离开海水浴场后，平山开车前往绫川町，停在了一处墓地前。千纱想起平山的老家就在这附近。扫完墓后，平山又回到了老家。他把车停在车库前，下车走进了屋里。从平山被晒黑的侧脸来看，他已经比最初苍白的模样结实了不少。

千纱没带防晒霜，白皙的皮肤被晒得通红。她有些懊恼，但心里却松了一口气——平山只是在怀念过去，度过了悠闲的一天罢了。尽管她还是没搞明白那句话的意思，但多少还是安心了一些。

都快被晒伤了，差不多该回去了吧，千纱想着这些，手机突然响了。

是熊打来的电话。千纱把车停在平山家附近，接通了电话。

"喂，怎么了？"

"没什么，只是觉得千纱你好像遇上了什么烦心事。"

的确如此。宴会后平山的话一直萦绕在千纱心头，无法释怀。但今天跟踪了半天，那份担忧似乎减轻了一些。

"难道你白天问的事，和绫川案件有关？"

被一语道破，千纱把"没事"两个字咽了回去。

"白天我说的净是些教科书一样的套话，心里一直不踏实。如果有什么心事，不妨跟我说一说。"

完全无罪

在熊温柔的关怀下，千纱的心动摇了。那天刚好有个奇怪的女人突然闯入，用红酒泼了平山一身，还扯着他的头发痛骂他。或许平山是觉得自己会永远被当作杀人犯，所以才自暴自弃说出那样的话。

但另一方面，在申请重审前，千纱和平山曾有过约定——绝不撒谎。如果那个约定依然有效的话……

沉默片刻后，千纱一五一十地说出了自己的担忧。

"……就是这样，我一直很在意那天平山说的话。"

"原来如此，难怪你会担心。"

她还告诉了熊自己跟踪平山的事。

"啊？跟踪？"

"很可笑吧。"

电话那头传来一声叹息，接着是温柔的责备："别一个人乱来啊。"

"谢谢你听我说这些。"

"下次有事要早点告诉我哦。"

熊的语气充满包容。千纱为能和熊倾诉自己的烦恼感到非常开心。但还没来得及道谢，平山家的门又开了。平山拿着车钥匙走了出来。太阳已经西斜，他还要去哪里呢？

"千纱，怎么了？"

"没什么，平山好像又要出门了。"

虽然不知道目的地，但千纱还是决定先继续跟踪。

"等等，你真是……"

第四章　怪物之家

平山的车驶出家门。千纱挂断电话，再次跟上。她已经掌握了跟踪的要领，那就是保持适当的距离。

也许他只是去超市买晚餐，或者去租DVD碟片。但平山的车从附近的那些商店旁疾驰而过，径直驶离丸龟市，来到了绫川町。

一种不祥的预感涌上心头。白天的兜风路线还算合乎情理——沿着海岸线，在父母滨远眺海景，风景优美，路线清晰。前往扫墓也是人之常情。但这个时间突然来到绫川町就让人有些不安了。绫川町正是绫川案件的案发地。虽然平山曾经住在这里，但他的房子已被拆除，变成了一片空地。

或许他这个时候是去别的地方另有安排？可他在这边应该没有认识的人了。据穴吹说，相亲的事还没进展，也不太可能有新交往的女性。

——谢谢你，让我这个杀人犯无罪释放。

那句话在千纱的脑海中不断回响。

平山到底要去哪里？这种不安的感觉到底是什么……

渐渐地，路上的车辆越来越少，千纱也拉开了与平山的距离。

平山的车在前面转了个弯，消失在了千纱视线之中。糟了，他去哪儿了？周围已经暗了下来，即使是平山那显眼的橙色车也难以辨认。

几条狭窄的小路分岔开来。平山特意跑来这里一定是有目的的。千纱放慢车速，保持在每小时二十公里以内，小心翼翼地观察着周围的房屋，生怕被发现。这里有许多农田和菜地，零星散布着五六户人家。有些房子面积也不小，但都显得十分冷清，还有一些房子似乎早已无人居住。

远处传来一阵狗吠声，千纱的目光顺着一条尚未铺设柏油的小路望去。那辆橙色的小车停在了一栋房子前。车灯熄灭，有人下了车。没错，一定是平山。千纱不好把车子也停在那里，只好继续沿着石子路前行。然而前方的山路越来越窄，车子根本无法通过。无奈之下，她又往前开了一百米左右，勉强停在了草丛之中。

千纱拿着应急手电下了车。脚下某种不知名的昆虫正唧唧嘶鸣。这片地方让她感到似曾相识，或许是错觉吧。

四周已是一片漆黑，但打开手电又怕被平山察觉。她只好借着月光，悄悄向那栋房子靠近。四周杂草丛生，像是在阻碍她前行。

平山的车停在了一栋普通的平房前。房子近旁似乎有一个蓄水池。屋内透出微弱的光，平山应该就在里面。房子里到底有什么？门牌上的字都已模糊不清，草木肆意生长。有一片地方像是菜地，但已被杂草覆盖。

如果屋内的光照过来，被平山发现那就糟了。千纱躲在荒草杂林之后，慢慢靠近那栋房子。她躲在一扇小窗下，蚊子扑面而来包围了她，但现在不是在意这些的时候。她努力平复急促的呼吸，整理思绪。为什么？怎么回事？无数疑问如洪水般涌上心头，几乎让她窒息。

第四章　怪物之家

首先可以确定的是，这栋房子与平山并无关联。这不是他的老家，直系亲属也都已不在人世，其他亲戚也早已和他断绝关系。

从外观来看，这栋房子已经空置了很长一段时间了。平山一定知道这里无人居住所以才进来的。这可是非法入侵罪。那么问题来了，平山为什么要这么做？

从当下这个时间点来看，这显然是极不正常的举措。一个经历了二十一年牢狱生涯的男人，刚刚获释就犯下非法入侵这一罪行，这完全说不通。

这栋房子里到底有什么？夜晚静悄悄的，千纱能听到屋内传来窸窸窣窣的声音。她屏住呼吸，仔细聆听。

大约十五分钟后，屋内有动静了。

之前像探照灯一样从屋内流泻而出的光线消失了，房子深处传来声响。是门关上的声音……脚步声。糟了，这里没地方躲。千纱本想往山路方向跑，但踩着草丛而来的脚步声越来越近了。

来不及了。

千纱躲在低矮的草木后面，一动不动地蹲在那里。在寂静得几乎能听到心跳的夜晚，平山就这样从她面前走过。如果是白天，她肯定会被发现，但平山似乎完全没有注意到她，径直走了过去。车门关上的声音响起，引擎声渐渐远去。

一分钟，两分钟……千纱的心跳终于平复下来。

平山消失了。千纱踉跄着站了起来，深呼吸，握着手电的手已完全被汗水浸透。既然已经来了这儿，总不能就这样灰溜溜离开。无须思考，所有的答案一定就在这栋房子里。无论在这里看到什么，她都不会后悔。

千纱绕到房子后面。用手电一照，发现后门前倒扣着一个花盆，千纱从花盆里拿出一把钥匙。一把小小的钥匙。但这把钥匙，或许就是解开二十一年前那起事件真相的关键。身为律师却非法入侵他人住宅……这些疑虑已经被眼前等待着她的真相的魔力所掩盖。

她将钥匙插入锁孔，轻轻转动。随着一声清脆的响声，门缓缓打开了。

可当她感知到屋内空气的一瞬间，千纱僵住了。不能进去！现在逃还来得及……纷纭的声音在她脑海中交织，几乎将她压垮。不，不要犹豫，这是自己的软弱在作祟。如果现在逃走，什么都不做，那就什么都无法改变。自己究竟是为了什么才来到这里的？

"走吧。"

她低声鼓励自己，迈步走进屋内。没关系。那股令人不适的气味只是霉菌和灰尘在潮湿环境中发酵的味道。手电光照亮了破旧的纸门和拉门，墙上的挂轴已然掉在地上。对面似乎是浴室。她转动门把手，打开了门。浴缸里满是霉菌。左边似乎是间厕所，门把手坏掉了，怎么也打不开。

走廊似乎通向房子深处，但不知为何被一堵墙挡住了。不，那不是墙，而是许多堆叠在一起的柜子，死死挡住了去

第四章 怪物之家

路。她试着推了推，柜子轻微晃动了一下。要想继续向前，就必须从这里穿过。千纱使劲一推，柜子轰然倒地，发出巨大的声响。灰尘飞扬，呛得她咳嗽不止。

走廊继续延伸。左侧是厨房，右侧是书房。书架上摆满了旧书。一张大沙发横在房间中央，整个房间像被洗劫过一样凌乱不堪。

回到走廊，千纱深吸一口气，又缓缓吐出。呼吸有些困难，不仅是因为房子里四处弥漫的灰尘，还有一种说不清道不明的感觉，仿佛一团黑雾笼罩着她的身体。这是什么感觉……除了一堆柜子挡住去路外，这里并没有什么异常。只是一栋被遗忘的房子而已。然而，一种难以言喻的不安萦绕在她心头。

既视感。当她看到厨房角落的垃圾桶时，这个词立刻浮现在了她的脑海中。它就在炉子旁的小窗下，仿佛是一个踏脚台。

踏脚台，难道这是……细长的窗户上装有把手，只能向外打开一点点。成年人根本无法通过，但小孩可以。她用手电照向窗外，是茂密的杂草丛。

太像了，跟梦中那栋房子一模一样。

从厨房又回到走廊，果然房子的构造是完全一样的。那时，千纱从房间逃出，从右侧的厨房逃到了外面。而那个女生的声音是从左侧的房间传来的。当时她以为走廊尽头是一堵墙，所以只能往厨房那边跑。但如果所谓的墙其实就是这些柜子……千纱回过头，盯着那扇尚未打开的最后一道门。

答案一定就在这里面。

她握住这间坐落在房子最深处的房间的门把手，手不住地颤抖。双手仿佛不再属于自己，完全不听使唤。渐渐地，她的手像冻住一样失去了知觉。千纱闭上眼睛，反复深呼吸，让自己的心情逐渐平静下来。终于，她感觉到手的知觉正慢慢恢复。

门把手转动，门缓缓打开。

灰尘和霉味一齐扑面而来。房间很小，中央却放着一张巨大的床。床的四角全都绑着绳子。

毫无疑问……这里就是怪物之家。

自己就曾被绑架并囚禁在这里。

她用手电照亮房间，原本已经遗忘的记忆瞬间涌上心头。柱子上停摆的时钟，被移动的柜子痕迹……这些她原以为早已忘却的记忆，其实一直隐藏在脑海深处。没错，自己就是被绑架到这里关了起来。

千纱随着记忆用手电照向墙壁，顿时僵在了原地。墙的高处有一片污渍。虽然只是普通的污渍，但形状却让她感到分外熟悉。两只大眼睛，高高的鼻子，巨大的嘴巴……看起来完全就是一张人脸。而整面墙仿佛是一个巨汉的身体。

此刻，她心中终于有了确切的答案。

怪物就在这里。这就是困扰了她二十一年的怪物的真面目。难怪无论怎么拼凑画像，都找不到与之相符的人。千纱记住的并不是犯人的脸，而是墙上的这片污渍。绝不能被这个怪物抓住。多年来，这份恐惧始终挥之不去。

但问题不在于此，而在于平山为什么会来到这里。

千纱瀬坐在满是灰尘的怪物之家，脑海中浮现出了平山的脸。

2

在身着丧服的人群最中央，一位老人躺在床上。

川田清老人离世了，享年九十一岁。他长期独居又没有亲属，葬礼只好由邻里操办。

"也算是寿终正寝了。"

"是啊，他是个好人。"

邻里的人们回忆着川田生前的种种。川田只有初中文凭，但战后复兴时期，他创办了一家体育用品公司并取得了成功。他还曾多次向与他有业务往来的学校捐款，也积极参与社区活动，在当地的声誉相当不错。

有森向故人敬上香火，默默祈祷冥福。葬礼上，没人谈论有森的事。

老实说，川田很难称得上是个可靠的证人。他为人固执，且时常变更目击证言，让濑户口抱怨这样的证言根本无法采用。可他年事已高，想从他那里获得新信息几乎是不可能的事。尽管如此，川田正义感极强，在追查平山的过程中，他的存在几乎成了大家的精神支柱。而如今这一支柱也彻底断裂了。

川田老人寿终正寝，葬礼上并没有太多泪水。前来吊唁的人算不上很多，但整体而言还算得上是一场体面的葬礼。

有森正准备离开，突然一位女士哭了起来。他停下脚步，回头看到一个身形稍胖的女人蹲在地上，手里捏着一块手帕，擦拭着眼角的泪水。

"川田先生离世前一直都是你照顾他吗？"

作为护理员的这位女士摇了摇头。

"要是的话就好了。川田先生最后是一个人孤零零离开人世的。那天我两岁的孙子发烧了，我女儿让我帮忙照顾孩子，所以我就请了一天假。川田先生也同意了。可现在想来，如果我当时陪在他身边，或许就不会发生这样的事了。"

原来如此，或许她心里还怀着一些罪恶感吧。有森苦笑，自己都已经被打上了"不称职刑警"的烙印，竟然还关心这些琐碎的小事。真是讽刺。

"川田先生临终时，有没有留下什么遗言？"

对于有森的问题，女人露出了疑惑的表情。

"什么意思？"

"啊，没什么，抱歉，问了个奇怪的问题。"

女人眨了眨眼，盯着有森的脸。让她为难了吗？

"有什么问题吗？"

第四章　怪物之家

"没有。其实吧，最近的确有一个人来拜访川田先生。我在这里做了这么多年护理员，从没见过有人来探望川田先生，所以当时也觉得有点奇怪。"

有森一听，立刻警觉起来。既然发生在最近，说不定和平山的无罪判决有关。不过，按护理员所说，来访的并不是刑警。

"好像是一个叫作松冈千纱的律师，看着那么年轻，没想到还是个挺有名气的律师呢。"

有森愣了一下。原来是她。如果是她的话，去川田家也就顺理成章了。

"后来又来了一个人。"

"还有一个人？是男的吗？"

护理员点点头。会是谁呢？有森立刻有了答案。应该是那个叫作熊的律师。他曾和松冈千纱一起为平山辩护。他为什么没有和松冈千纱一同来访呢？有森追问那个男人的身份，护理员却表示自己也不知道。

"我只稍微看了一眼，记不太清了。"

来访的那个男人到底是谁呢？

有森穿着参加葬礼的黑西装，就这样上了车。护埋员提到的访客始终让他有些在意。虽说她只见过那个男人一面，但说不定她不在时那个男人也来过。

更让他在意的是，这件事与川田之死有没有关联呢？

年逾九十的川田老人独自死在家中。在这种乡下地方，

183

完全无罪

大家都觉得是理所当然，但如果这个访客与川田之死存在着某种联系的话……

川田是二十一年前那一系列绑架案件的唯一目击者。他关于平山的目击证词，可以说是间接促使平山入狱的主要原因。那一系列绑架案件不断萦绕在他的脑海之中。那个访客究竟是为何而来呢？

有森最后一次朝川田家方向微微致意，然后驱车离去。

久违地来到了县警总部，可等待着他的只有无数轻蔑的眼神。

在接待室接待他的是一位年轻刑警。有森是来和他谈关于川田之死的事情的。

"我想请你帮忙调查一下川田先生之死，在他死前曾有人去过他家。"

"唔，就算你这么说……"年轻的刑警露出了为难的表情。

"我知道这事有些难办，毕竟尸体已经火化了，想再追究事件性质的确有些困难。但这件事可能和二十一年前的绑架案有关。"

年轻刑警向有森身后投以求助的目光。

"还是到此为止吧。"

笑眯眯地走进接待室的，是一个长相颇似猴子、年纪五十岁上下的刑警。有森又重申了一遍，在川田死前有一个

第四章 怪物之家

可疑的男人去拜访过他。而猴子似的这位刑警则面带笑容连连称是。有森曾和这位刑警搭档过几次。要说是自己帮他打好了刑警的底子或许有些夸张，但当时的他恨不得将有森说的每一句话都记下来当作座右铭。

"你肯定看得出来，这两者是存在关联的。"

"川田是自然死亡，要是连他都要送去做司法解剖，那岂不是只要死了人全都得解剖吗？"

"我说的不是这个。重点是二十一年前的连环绑架案。"有森再次强调川田之死与案件之间的关联。

"拜托，帮我查一下，看看到底是谁去拜访了川田。"

年轻刑警的眼神再次飘向长得像猴子一样的刑警，就像在说"真是个麻烦的老头子"。而猴子刑警则站起身笑眯眯地凑到有森耳边，低声道："你还是适可而止吧。

"这一切不都是你的错吗？"

曾经对他满眼尊敬的这个男人，如今看着他就像看着无比肮脏的秽物。

"喂！听我说，我必须把这件事说清楚！"

"能否请你离开呢？"

有森意识到，这些人已经完全不愿意再听他的话了。他已经被警察们视作麻烦制造者。四十年来为警察组织辛苦工作，到头来却被当作用过的抹布丢在一旁。他本以为至少自己曾帮助过的那些后辈会给点面子，但显然他们如今也对他拒之千里。

完全无罪

有森离开了警局。他意识到，川田之死可能永远也无法得到解答了。他心中唯一牵挂的，还是平山是否与川田之死存在某种联系。可即便护理员说的那位访客果真是平山，这条线索也已经无法再追查下去了。要说平山是记恨提供了不利证词的川田老人，进而杀人灭口，恐怕没有人会相信。

再审中获得了无罪判决，这意味着平山再也不会因绫川事件定罪。即使他现在承认一切罪行，结局也不会改变。胜负已分。再怎么追究川田之死，也不过是为自己的不甘心找个借口罢了。

晚上八点刚过，有森走到高松车站附近的便利店，买了一盒利乐包装①的酒，插入吸管喝了起来。

不管是以前当刑警时，还是后来在援助中心工作时，他都很少喝酒，可如今几乎每天都会喝酒。他失去了刑警的荣誉和遗属的信任，自那以后，敏惠再也没和他见过面。

他刚把喝完的酒盒扔到了垃圾箱里，身后却突然出现一个男人抓住了他的肩膀。

"喂，垃圾可要扔对啊。"

男人满头金发，约莫二十岁，手中拿着他刚扔掉的酒盒。自己明明规规矩矩地扔进了垃圾箱才对，这家伙搞什么名堂？

---

① 是指采用瑞典利乐公司的全无菌生产线生产的复合纸质包装。

第四章　怪物之家

"吸管是塑料的，不能扔到可燃垃圾里。"

真是个烦人的家伙，是故意来找碴的吗？

男人直接把有森刚扔掉的纸盒摔向他的胸口。仅凭这一行为，就足以构成暴行罪。有森轻轻咋舌一声，男人立刻一把攥住有森的衣领。

"喂，你有意见吗？糟老头子。"

有森立刻用饱经风霜的大手抓住金发男人的手腕。或许是没干过什么活，男人的手腕比他想象的更为软弱。有森稍稍发力，怒目而视，金发男人脸上就有了几分退缩之意。但或许是觉得自己先动的手，此时率先松手多少有些露怯，金发男人便继续抓着有森的衣领，摆出一副恶狠狠的表情。

"有意见你就说啊！"

有森心中积压已久的情绪不断翻涌。即便年事已高，他也不觉得自己收拾不了这种货色。可就算在此发泄情绪又能如何？毕竟……他移开视线，捡起了地上的纸盒。

"吸管要单独扔，老爷子。"

有森将吸管与纸盒分别扔进了不同的垃圾箱。

"早这样不就好了。"金发男如释重负般扔下这么一句话，跨上摩托扬长而去。

有森带着微醺踏上了通往灯塔的游步道。那金发男不过是个小混混，分明是拿垃圾分类当幌子，找碴寻衅罢了。当刑警那些年，这类货色他见得多了。但此刻他惊觉自己体内竟翻涌着与他们相似的冲动，连他自己都讶异——年岁渐长却愈发失去理性，方才险些失控。

正自嘲时，手机响了。

来电显示是公用电话。难道是……有森打开翻盖手机，迅速按下接听键。

"喂？"

"好久不见啊，有森先生。"

听筒里传来与之前别无二致的机械变声，刺耳得令人不适。有森沉默着等待下文，但对方始终未提及绫川案件。

"到底什么事？"有森焦躁地打断了他的话，语气中带着几分不耐烦的意味。

"如之前所说，我想和你做个交易。"

"事到如今……"

平山已获无罪判决。根据一事不再理原则，宣判无罪的案件永不可翻案。已经尘埃落定了。然而对方仿佛看透了他的心思，轻笑道："没问题的。"

"没问题？什么没问题？"

"还有机会以杀人罪起诉平山。"

"你胡说什么？！"有森攥紧了手机。

他知道对方不可能不知晓一事不再理原则，更该明白绫川案件早已丧失追诉权。

"能扳倒平山的不是绫川案件，而是高木悠花案。"

"什么？"

出乎意料的这句话令有森失声惊叫。的确，绫川案件已无力回天，可高木悠花案尚未结案，凭此案以杀人罪再次将平山投入监狱也不是没有可能。

只要能通过高木悠花案逮捕平山，他就绝无可能再次逃脱。或许还能撬开他对绫川案件的口供。可是……

"唯一的目击证人川田先生已经去世，高木悠花案根本无从突破。至少……"

"我有证据。"对方打断了他的话。

"证据？什么证据？"

"我会交给你的，希望你亲自来取。你一看就会明白的，这是指认平山为真凶的铁证。"

说完这句话，电话挂断了。

原本就炎热难耐的天气在一场阵雨后更是闷热得令人几乎窒息。

千纱驱车离开事务所，往绫川町方向驶去。车子沿着宽阔的马路左转，朝山麓疾驰。

她把车子停在了一栋房子前，下车在附近散步。朝山里走了一会儿，便看到了漫山遍野的黄色花朵。明明是夏天，怎么会有油菜花盛开呢？千纱心中疑惑，走近一看才发现，原来是一种名为"一枝黄花"的野草。

她沿着石子路朝反方向走去，来到了一个小村落。上次来时没有注意，这次却发现这里坐落着一座小小的稻荷神社，也就是当年千纱被救出来的地方。明明之前来过这里，但那时只顾着寻找平山的踪迹，完全没有注意到这个地方。八岁那年，毫无疑问她就是在这儿朝山里逃跑的。

如今她已长大成人，自然知道应该往人多的地方逃。但当时她还年幼，只想着尽可能远离那个怪物，不断向前奔逃。她原以为自己走的是直路，却在山道上迷失了方向，最后又回到了绫川町。

这栋房子，就是二十一年前她被囚禁的地方。

她是在跟踪平山时找到这里的。所以绑架千纱的凶手就是平山……除此之外再无别的可能。

可有些地方她还是想不明白：为什么如今平山还会来到这里？这里是否隐藏着与过去发生的一系列事件有关的某些线索呢？她怀揣着这样的想法，选择第二天再次前来调查，可并没有发现什么特别值得注意的线索。不过要是警方能来进行详细调查，也许能找到一些蛛丝马迹。

正当她抬头望着那个怪物之家，突然有人走近了。

"是松冈小姐吗？我是绫川署的刑警。"

是刑警。千纱虽然有些犹豫，但最终还是告诉了警方关于这栋怪物之家的事情——这就是二十一年前她被囚禁的地方，或许这里藏有与真凶相关的证据。

"很遗憾，经过调查，我们并未发现与高木悠花小姐或池

第四章 怪物之家

村明穗小姐有关的物品或案件线索。"

"是吗?那房子的主人是谁?"

"这个地方很早以前就空置了,没有人居住。"

房子原本的主人是一对老夫妇,搬进来不久,丈夫便去世了,妻子年事已高,便住进了养老院,几乎没有再回来住。随着周边地区的老龄化愈演愈烈,空置的房子越来越多,这栋房子也就更加无人问津。又因为离其他房子较远,所以逐渐被世人所遗忘。凶手正是利用了这一点。这里没有通电也没有燃气,用来囚禁绑架来的女童却绰绰有余。那栋怪物之家,简直就是用来关押孩子的囚笼。

"你是怎么知道这个地方的?"

这本是个理所当然的问题,但千纱犹豫了一下才开口道:"嗯,我是看到那个绿色的屋顶有些眼熟,觉得这儿可能是一栋空房,就随便看了一下。对不起。"

她没有提到平山曾经来到这里。而她自述的非法入侵这一行为显然让警察有些为难,但警察也理解她的情况,也就睁一只眼闭一只眼,没有再追究。

千纱向这位刑警道了谢,随后离开了这栋怪物之家。

什么也没找到,这倒也在预料之中。毕竟已经过去了二十一年,绑架她的那个人怎么可能还留下什么证据呢?他早就把一切都清除干净了。

她参拜完稻荷神社,再次上了车。

目的地是满浓町的住宅区。千纱有些担心不请自去是否妥当。门牌上写着"高木",屋内似乎有人。

现在造访这里或许已毫无意义,但无论如何她还是想来看看。带着几分犹豫,千纱伸手按响了门铃。

很快屋内便传来明快的应答声,一位六十岁上下、气质优雅的女性打开了门。屋内一位年龄相仿的男子也探头张望着,这两人应该就是高木悠花的父母。

"请问你是?"

"冒昧来访,实在抱歉。"

千纱翻找着名片,里屋的男子突然"啊"了一声。

"你是平山聪史的辩护律师对吧……"

他们之前素未谋面,看来是通过电视认出来的。千纱点点头,递上了两张名片。

"是的。今天前来拜访其实是有事想要请教二位。"

"请进吧。"

被请进客厅后,对方端来了麦茶。

"平山的事我们早就听说了。最近目击证人川田先生似乎也去世了?"高木悠花的父亲开口道。

这次再审获得的无罪判决想必让他们夫妻二人心情很是复杂。

"松冈律师,请告诉我们。"悠花的母亲低下头,"平山真的不是犯人吗?"

若是早些时候,千纱可以非常坚定地表示平山并非犯人。但现在,千纱已经无法立即给出答案。倒不如说,她自己更

第四章　怪物之家

想知道答案是什么。如果平山真的与绑架毫无关系，为什么会出现在那里？

"关于绫川事件我们一无所知，我们只想知道我们的女儿现在究竟在哪儿？"

说话间，悠花母亲的脸涨得通红。高木夫妇在事件发生后曾自发发放传单呼吁提供线索，听说现在仍在网上发声。这份心情千纱感同身受。她自己也是怀着想要知晓真相的执念才走到了今天。

"如果你们不介意的话，我想请教一些关于悠花的事。"

面对千纱的请求，夫妇二人沉默片刻后点头应允，将她带来了二楼悠花的房间。

"我本来说才这个年纪就让悠花单独住也太早了，但我妻子还是坚持让她自己住。"

打开角落这间小房间的门，映入眼帘的都是拟人化的兔子、松鼠等动物玩偶。千纱小时候也常玩这些。还有娃娃屋和过家家的道具，把架子塞得满满当当。

凝视着这些玩偶，千纱感到一阵揪心。从时间来看，六月份失踪的高木悠花是最早的受害者。七月千纱被绑架，八月池村明穗遇害。如果她当时听到的哭喊声来自同样被绑架的女童，那么极有可能就是高木悠花。要说出这个推测吗？但把不确定的信息告诉伤痕累累的家属未免太不负责任了。

"悠花最喜欢玩偶了，我想着只要她回来马上就能玩……"

悠花母亲的声音颤抖，不住用手指擦拭着眼角。丈夫紧紧搂住妻子的肩膀。高木夫妇的身影与身处丸龟的自家父母重叠在一起。或许对方也在千纱身上看到了悠花的影子。

"如果找到了遗体，起码还能让她入土为安。可现在这样，那孩子怎能安息呢？我女儿究竟做错了什么……"

夫妇二人显然已做好女儿遇害的心理准备，但只要没找到尸体，就还残存着最后一丝希望——或许孩子被救了下来，仍生活在某处。

千纱终于忍不住向高木夫妇坦白了自己被绑架的经历。

两人震惊得瞪大了眼睛。虽然不能确定当年那个女孩就是悠花，但此刻如果依旧保持沉默，无异于欺骗。

"我一定会查明真相的。"

千纱无法许诺悠花的平安，就这样离开了高木家。

千纱坐上车，驶向丸龟市区。

在高木悠花家并没有得到与真凶相关的信息，可千纱却感觉自己的内心产生了微妙的变化。果然她还是无法对那栋怪物之家置之不理。

食指停在了门铃前一厘米。问了又能怎样？他会说出真相吗？不，更关键的是，如果平山真是凶手，那又该怎么办呢？可也不能就这样装作什么都不知道。千纱吞了吞口水，还是按下了门铃。

"来了。"温和的男声传来，是平山。

"我是松冈，想和你聊聊。"

第四章　怪物之家

门开了。平山说了句"请进",缓缓拉开了门。单身女性进入独居男性家中本应警惕,但对于刚见过高木夫妇的千纱而言,绝不能就此罢休的决心占了上风。

房间非常整洁,甚至可以用空旷二字形容。矮桌与坐垫随意摆在宽敞的和室里,矮桌上放着新买的智能手机。书架上孤零零躺着今井所写的《名为正义之罪》。

"看着像监狱一样吧?"平山自嘲着端来麦茶,随即又表示,有独立卫浴的房间真是太好了。他说起监狱里杂居一室的那些日子,冈山监狱如此,其他监狱似乎也是这样。

"原来如此,话说回来……"

明明下定决心来到这里,话到嘴边却又难以启齿。若眼前之人真是绑架自己的真凶,和他单独对峙会发生什么?现在这个房间里,可只有平山和她。但另一方面,千纱内心又相信着他在狱中表现出的激烈情感。当时他为妹妹之死愤怒、竭力主张清白时的样子不似作伪。不,也有可能只是自己过于相信自己的直觉了。

"相亲还顺利吗?"

平山苦笑着挠了挠后颈。此刻看来,他只是个温和的普通人。但她必须要问清楚。她无法将那晚所见抛诸脑后。正当她犹豫着开口时机时,凉风送来清脆的铃声。千纱望向窗边,那里正挂着用小盆与汤匙做的自制风铃。

"以前我不是在小学当勤杂工嘛,那时候我就喜欢自己动手做点小玩意。看到孩子们喜欢,自己也怪高兴的。"

案发时校方对平山评价不佳，但此刻谈起往事的他却神采奕奕。初次见面时说当勤杂工是无奈之举，或许他其实很喜欢这份工作，只是有些羞于说出口。

"我喜欢用手头上有的材料做些小东西。在监狱里也做了挺多呢。当然，我可没做什么越狱工具哦。"

平山出乎意料地开起了玩笑，可惜完全让人笑不出来。千纱想把话题引向绑架案上，便指着书架上今井的那本书问道："你读了那本书吗？平山先生现在应该依然对警察深恶痛绝吧？"

平山重重点头："不知道他们到底有没有真心反省。如果他们能做到，或许我还是会原谅他们。"

"在监狱时明明还那么痛恨警察呢，平山先生果然变了不少。"

"哪里的话。"平山喝了口麦茶。千纱紧盯着像是在装傻般露出苦笑的平山。

"平山先生，三天前你有去过哪里吗？"

听到千纱的问题，平山像是陷入了回忆，静静望着风铃。

"去了父母滨。"

"没去别的地方吗？"

平山轻轻"啊"了一声，表示自己还去扫墓了。

"刚好是妹妹的月忌日，出狱后我每个月都会去。"

"除此之外，没有去过任何其他地方了吗？"

千纱的反复追问似乎让平山察觉到了异样，久久没有回

第四章　怪物之家

应。千纱抿紧嘴唇，等待着平山的答案。

刚过去三天的事情，要是拿忘记了当借口可说不过去。千纱用认真的眼神暗示自己不会接受那些模棱两可的回答。平山会如何应对？或许他已察觉到当时被跟踪了，自己是不是有些太咄咄逼人了？搞不好……平山会对自己展露杀意。

纵使彼此心知肚明，承不承认又是另一回事。若他真的心怀鬼胎，几句轻飘飘的借口是过不了这一关的。平山会如何接招？千纱的沉默化作无形重压，平山终于艰难开口了。

"松冈小姐，难道那天你一直在跟踪我？"

事到如今否认也没有意义，千纱坦然承认了。她正要解释自己是太过在意派对那晚平山说的话才这样做的，平山却抢先开口了。

"其实……我收到了一封奇怪的信。"平山叹息道。

千纱反问："奇怪的信？"

"没错，是熊律师交给我的，说不知道谁送过来的。写信人自称是二十一年前连环绑架案的真凶，说在那里留下了证据，所以我才去的。"

出乎意料的展开让千纱瞪大了双眼。

"你居然相信这种可疑的信件，还跑去那种地方？"

平山挠了挠头，说道："松冈小姐，你说得没错，我很感谢你帮我洗清了冤屈，但绫川事件尚未真正了结。判决只能证明警察和检方进行了违法搜查，所以至今仍有人对我说'其实就是你干的吧'。我也想给绫川事件真正画上句号，这才去了那个地方。可去了以后才发现,那里只有一栋破旧的房子,空无一人。"

平山的辩解令人难以置信,却又完全说得通。千纱询问信件下落,但平山说这封信让他倍感不适,已经扔掉了。如果担心他说谎的话,向熊律师求证一下便知。恐怕他所言非虚。

"我不想让你们担心,又觉得说了也无济于事,所以才没告诉你。"平山的眼神依旧朦胧无神,"倒是松冈律师,你为什么突然问起这些?"

被反问的千纱一时语塞。攻守瞬间逆转。

"平山先生,之前在监狱会面时,我曾说过自己被绑架的事,你还记得吗?你去的那栋房子就是当时囚禁我的地方。绝对没错。"

"欸,原来是这样吗?"平山恍然大悟般摸着下巴。他端正坐姿,静静注视着千纱的脸庞:"松冈小姐,你还好吗?去那种地方一定很害怕吧?"

平山出乎意料的关怀让千纱一时之间不知该如何作答。

"童年时遭遇了那样的事情,恐怕普通人根本不敢再回去面对。你真的很了不起。"

"平山先生……"

"我一直觉得……"平山顿了顿,"松冈小姐,你是位非常坚强的女性。明明很想逃离这一切,但还是拼命努力想抓住真凶,为此不断勉强自己。我看得出来,你并非是为了自

第四章　怪物之家

己，而是为了别人。"

"为了别人？"

"是的。在监狱会面室说起当年的绑架案时，你提到在那栋房子里听到过一个女孩儿的声音。我一直在想，你之所以如此执着于追查真凶，是不是因为只有你自己获救了，所以觉得自己像是对那个女孩见死不救一样，充满了负罪感？"

千纱瞳孔骤缩。

与过往的斗争一刻未停，时至今日，噩梦仍挥之不去。但她从未意识到这一点——那时听到声音的、疑似是高木悠花的女童，以及已确定遇害的池村明穗，对她们的愧疚始终隐藏在千纱的内心深处。

"你当时提到了童话《三只山羊嘎啦嘎啦》对吧？"平山忽然问道。千纱抬头，表示自己确实说过想成为童话中那只击退了怪物的大山羊。

"我家也有这本绘本，所以我对这个故事很了解。被怪物袭击的小山羊说后面还有只更大的山羊，然后落荒而逃。松冈小姐，于你而言，故事的关键不在于怪物带来的恐惧，而是抛下别人，自己独自逃之夭夭这件事吧？在童话中，大山羊击败了怪物，迎来了美好的结局。可现实并非如此。所以你才下定决心，要让自己成为那只大山羊，与怪物战斗。"

千纱愕然听着这一切。平山竟一语道破了她自己都未曾察觉的潜意识。

"选择与怪物战斗的你真的很了不起。我非常尊重你的选

199

择。不过啊……松冈小姐，你不必勉强自己成为大山羊的。你应该先接受自己的脆弱、千疮百孔的心，还有内心深处的悔恨，之后再去战斗也不迟。更何况你不是在孤军奋战。熊律师、律所的各位同事都在身后支持着你。硬要说的话，还有我……"

不知不觉间，两行温热的液体自千纱脸颊边滑落。

"感谢你愿意跟我讲这些痛苦的往事。"

她本是为了质问平山关于怪物之家的事情而来，未料到竟然演变成这般局面。

"啊，扯远了。总之，我去那栋房子就是因为这些。请放心，我会遵守狱中的约定，绝不说谎。"

千纱用手帕拭去眼泪："所以平山先生你的确没有绑架，也没有杀害过任何人对吧？"

平山郑重颔首："是的，请相信我。"

眼眸清澈如初。虽然睡眼惺忪依旧，却与田村彪牙截然不同，让人感觉满是诚意。

千纱望向窗外。自制的风铃响起了清脆的铃音。

晚上七点半，有森驱车前往受害者援助中心。

已经请了很久的假，今天是来正式办理离职手续的。他何尝不想继续帮助那些受害者，可自己已被视为臭名昭著的

第四章　怪物之家

前刑警，继续留在这里也只是徒增麻烦。

"有森先生，真的不考虑留下来吗？"

白发苍苍的所长竟出言挽留。有森原以为他既然知道发生在自己身上的事情，或许只是走个过场挽留一下，未料对方竟满脸真切。这也难怪——自愿放弃薪资全身心投入救助工作的人，如今实在是凤毛麟角。

"原本人手就不够，何况池村女士也提交了辞呈……"

所长话一出口便露出了懊悔的神色。有森心头一紧，原来敏惠已憔悴至此，连工作都难以为继……不行，绝不能就这样一言不发地与她形同陌路。

"池村女士现在在电话咨询室吗？"

"没有，她正在接待室安抚受害者家属。"

有森来到了心理咨询室外。隔着门也能听见敏惠轻柔的劝慰声。会面预定到八点结束，他退至走廊，打算在此等候。

他凝视着窗外，手机忽然响起。来电显示是公用电话。

又是那个家伙吗？上次对方打来电话，声称掌握了能将平山以杀人罪论处的关键证据，还要交给他。有森虽有些动心，却不想被这种可疑人物牵着鼻子走，故而未曾赴约。

此刻比起追查旧案，敏惠显然更为紧要。有森无视来电，继续等待。

超时了大概五分钟，咨询者终于开门离去。有森轻叩门扉，走进了屋内。敏惠正趴在一张小小的桌子上写着什么。她看到有森的一瞬间，瞳孔微颤，旋即别过脸去。

"池村女士，该怎么说呢……"

有森想将这些年的一切和盘托出，却又不知从何说起。他站立良久，深深低下了头。

"实在是抱歉。"

明知于事无补，可除了道歉他还能做什么呢。敏惠凝望着窗外夜色，沉默如深潭。

"事到如今，请容我坦白一切。"

从二十一年前直至现在，他将所有事情毫不隐瞒地告诉了敏惠。他并不奢求原谅或是安慰，甚至更希望她痛斥发泄，可敏惠始终保持着安静，让有森甚至分不清她有没有在听。

"事情就是这样。不过我仍坚信平山就是真凶。"

敏惠依旧凝视着窗外。漆黑的玻璃窗上，唯有荧光灯映照出的二人身影。

约莫五分钟后，敏惠轻声开口了。

"有森先生。"

听到敏惠的声音，有森抬起了头。

"我承受了失去明穗的悲痛，所以才想为与我经历了相同伤痛的人撑一把伞。我原以为只要这样做，我或许也能一点点往前走……"

敏惠说到这里，忽然陷入了沉默。

"可如今，我也不知道该怎么做了……"

她用力摇了摇头，再次望向窗外。有森什么都没有说，只是凝视着玻璃窗上映出的那张满是悲伤的脸庞。

第四章　怪物之家

在重新降临的漫长沉默中，一个问题倏忽跃入有森的脑海。或许此刻想这些已毫无意义，可为什么敏惠这么喜欢鸟儿呢？是因为她一直沉浸在与明穗共同生活的回忆中吗？还是说她其实向往着鸟儿自由翱翔的姿态呢？在绫川事件发生后的二十一年间，她始终被悲伤与痛苦束缚着。敏惠的内心是否渴望像飞鸟般获得自由呢？而自己或许又将这个努力想要拥抱积极生活的女人，重新关进了囚笼。

此后两人再也没有说话。他无数次张了张嘴，又无数次选择了沉默。

"有森先生，一直以来都谢谢你了。"

"池村女士……"

敏惠站起身，背向他离开了。有森没有追上去，在原地呆立许久。此刻的敏惠在祈求什么呢？是证明平山就是真凶的确凿证据，还是真正的凶手的下落？又或者她只是想忘掉这些，去过平静的生活？

不，绝不可能。杀害明穗的凶手仍在世间逍遥法外，和他们呼吸着同样的空气。没有人能麻木到选择接受这样的现实，去安稳度日。

可是，如今自己又能做什么呢？他已是黔驴技穷，这就是现状。高木悠花案的证人川田也死了。几十年来的友人、同伴、同事都离他而去。难道没有警察的权力，自己就什么也做不了吗？

手机响起。又是公共电话。有森皱着眉头按下了接听键。

"终于肯接了。"刺耳的声音传来。

"你难道不想让平山伏法吗？"

有森咂了下舌。当然想。这种确认真是多余。这家伙之前说要给他证据，让他前往绫川町。明明知道自己的地址，直接寄来不就好了，实在搞不懂他想干什么。

"你真的甘心让事情到此结束吗？"

对方似乎无论如何都要交给有森什么东西。在高木悠花案中，能置平山于死地的证据究竟是什么？

"我会在绫川町把证据交给你。用它把平山逼入绝境吧。"

对方报出了地址。有森记了下来。

这件事显然处处都是疑点。但事到如今总不能就此放弃。明知是即将断裂的蛛丝，他也非抓住不可。可当有森要求他更详细地说明地点时，对方却只说了句"铁塔就是地标"，便挂断了电话。

有森驱车驶入夜色之中。

任人摆布的感觉实在令人厌恶，可要想打破如今的僵局，似乎只能听从那个神秘人物的安排。

绫川町的山路未经铺装，四下漆黑一片。轮胎弹起的小石子啪嗒打在树干上，像飞溅的弹珠。道路崎岖，但好在晚上八点后对向已无车辆，一路畅通。能充当地标的，唯有那座巨大的铁塔。可铁塔附近车辆无法驶入，只能步行。

有森的大脑飞速运转。打电话的人是谁？目的何在？这

第四章 怪物之家

个地方究竟藏着些什么？可无论如何，除继续前进外已别无他法。他绝不能就这么眼睁睁看着敏惠坠入绝望的深渊。

沿着山道艰难行驶了约二十五分钟，眼前忽然出现一栋高大的建筑。

"应该就是这儿吧。"

这里似乎是手机信号塔。塔身高耸，旁边一条兽径蜿蜒狭窄，无法行车。有森停好车，用手电照亮杂草丛生的小道，艰难穿行。

有森内心非常激动。附近除铁塔外别无地标。茂密的杂草几乎要遮挡住人的视线，有森一边分开杂草，一边向前。前面等待着自己的会是什么呢？无数可能掠过他的脑海。

但思考这些也毫无意义。真正的问题在于对方的身份与目的。对方如此大费周章究竟是为了什么？川田之死忽然在他脑海中闪过，会不会也与这个人的行动有关？如果真的有关的话……

又走了约十分钟，有森停下了脚步。手电的亮光里浮现出的是倾颓的古旧墓石。几块碑石早已分崩离析，仿佛被时光遗忘。

兽径尽头豁然开阔，赤土在手电下泛着微光。光束扫过之处，显出一座巨大的房子。不，不是房子，是一间破败的荒寺。周边村落的人口不断外流，这一带早已人烟断绝。

这里究竟隐藏着什么……晚上八点五十五分，手机如同在回应有森的疑问，适时振动起来。

"差不多到了吧？看到那间废弃的寺院了吗？"

有森低应一声，开口问道："你让我来这里到底是想做什么交易？"

手电扫过四周，四下无人，唯有夜鸟啁啾如哨声。

"有森先生，你坚信是平山杀了池村明穗，希望让他判处死刑，或是在监狱度过余生，对吗？"

"嗯，是的。"

"那杀的是谁不都一样吗？"

"什么都一样？"

"无论平山绑架并杀害的是池村明穗还是高木悠花，反正都一样会被判处杀人罪，不是吗？"

有森哑口无言，完全沉浸在了对方的话语之中。

"当年那起案件中，警方拼命追查犯人，令人敬佩。可惜犯人的狡猾更胜一筹。不，他并非聪明绝顶，只是单纯运气好罢了。二十一年前，他绑架并凌辱了高木悠花，将她残忍杀害后又弃尸荒野……凶手不过是个放纵欲望的禽兽罢了。"

这家伙……有森惊讶得忘记了眨眼。听对方的语气，似乎对凶手了如指掌，而且隐约透露出凶手并非平山，而是另有其人。

"寺内有一口古井。"

有森依言拨开荒草，走入寺内。夜鸟嘶鸣，像是紧紧跟在他的身后。他浑不在意，继续向前。还是有些看不真切，有森拨开荒草，用手电一照，果然有一口布满苔藓的古井。

第四章　怪物之家

汲水的吊桶已不知去向，四周围着一圈约一米高的石砌井栏。井上盖着一块石板，草木掩盖，青苔遍布。他还没来得及细想，下一个指令来了。

"打开井盖看看吧。"

有森没有拭去井盖上的青苔，而是紧紧握住井盖，半蹲着身子使劲往上抬。

如石臼般的井盖终于打开了，有森将它推向一侧，露出了些许缝隙。朝里望去，唯有一片漆黑。有森掸走趴在井盖上的天牛，再次发力将井盖挪开，用手电照向幽深的井中。

什么也看不见。但就在这个念头浮现的瞬间，某个白色物体微微反射了手电筒的光芒。有森险些失手将手电掉进井里。他双手颤抖。刚才看到的难道是……他战战兢兢地再次举起了手电。

那看似白色石块的物体上有着两个孔洞，左右各一个，如同经过精密计算般对称。其下勉强能辨认出一件小小的T恤和裙子。

是人骨。而且是孩童的骸骨。难道说……

"看清楚了？"

"嗯。"有森无力地应道。

"这具骸骨就是二十一年前失踪的高木悠花。"

卷宗他看了无数次，早已烂熟于心。高木悠花被绑架时穿的就是T恤和格纹裙。分毫不差。

"你应该也明白我想说什么了吧？"

有森咬紧牙关。他已经完全明白了这家伙的意图。

"只要在这具遗体上放上平山的毛发,再让警方发现这个地方,就能以杀人罪让平山再也无法翻身。放些毛发而已,这可是你的专长啊。"

果然如此……池村明穗案已无法再追究平山的罪责。但如若能坐实他就是高木悠花案的凶手,平山喊冤也罢,再审脱罪也罢,世人都会认定他就是这一系列绑架杀人案的真凶。这就是与恶魔的交易吗?何等厉害的手段。

"有森先生,期待你做出明智的抉择。"

除了平山之外,难道还存在着另一个怪物吗?相对于池村明穗案,平山在高木悠花案中的嫌疑并不大。除川田的证词之外,几乎没有任何证据。还有一个原因在于,平山并不熟悉悠花被绑架的那一片区域。当时警方之所以将这两起案件联系在一起,只不过出于概率论,认为区区方圆十公里内,怎么可能同时存在两个恶魔。他们不想让案件变得更加复杂,所以并没有认真思考除平山之外还有另一个嫌疑人的可能性。

可另一方面,有森心中的怪物正不断咆哮。再怎么不情愿,这也是唯一能够将平山绳之以法的手段了。不,不行。如果把杀害高木悠花的罪名扣在平山头上,就等于放任另一个怪物逍遥法外。他决不允许这种事情发生。

有森朝着夜空咆哮。无名鸟儿的啼鸣回荡山间,吞没了所有痛苦的声响。

第五章

完全无罪

1

在满场掌声中上台的，是个面容温和的男子。

高松港附近的 Rexxam 大厅挤满了前来聆听平山演讲的人群。这场关于冤案危害的座谈会还邀请了大学教授和作家参与，由熊担任主持人。平山不擅长单独发言，故而活动采取了对谈形式。

"那个时候最让你感到痛苦是什么？"

面对熊的提问，平山叹息道："该怎么说呢……大概是当时没人相信我是无辜的吧。"

熊频频点头："这的确是个很严峻的问题。平山先生特意强调了'当时'两个字，但可悲的是如今依然存在许多偏见。即便无罪判决已下，媒体也在努力报道澄清，可事务所仍会收到'不过是警方调查程序出了问题而已，真凶就是你'之类的恶意信件。"

第五章　完全无罪

熊谈及冤罪对人生的摧残远超常人想象，平山则讲述了审讯时的遭遇。虽然他的表达有些生涩，但真实经历令听众听得十分入神。

"经历这么多苦难，今后一定要幸福啊。有没有考虑娶妻呢？"

"这……这个嘛……"

夹杂着口哨的揶揄声引发了哄堂大笑。

听着两人的对话，千纱开始思考接下来的计划。坦白说，现在的局势可以说是四处碰壁。那天从平山家返回后，她高烧卧床三日。清醒后她就开始懊悔当时没继续追问匿名信件的细节，之后也一直没有机会再和平山聊聊，所以至今还是对那封信一无所知。

如今她对平山的看法已悄然转变。纵有谜团未解，却也愈发信任。或许有人想再次构陷平山？若真如此，对方定是真凶。

演讲尚未结束，千纱有些坐立难安，起身离开了会场。

平山是无辜的，这就证明绫川事件仍未解决。从某种意义上来说，平山的存在成了保护真凶的一面盾牌。如今这面坚固的盾牌荡然无存，真凶想必压力骤增，这才想将嫌疑再次栽赃给别人。

千纱坐上了车，打算前往丸龟市，回到这一切的原点——举办祭典的那个公园。这场长达二十一年的噩梦就是从这里开始的。

完全无罪

公园中央立着祭祀台，周围布满摊位。随着《阿拉蕾》前奏响起，记忆中的自己正戴着《美少女战士》中小小兔的面具，身穿淡黄色浴衣起舞。

当时町内会会长让自己帮忙去买点啤酒回来。在离开公园，去往附近卖酒的商店时，看到了一个贴着陈旧交通安全宣传单的电线杆。而就在经过电线杆的一瞬间，记忆中断了。重临此地，已是成年后的事情了。

从"小心行人突然冲出"的告示牌右拐，便看到一栋三层楼的豪宅。这栋房子主人便是如今正经营着一家汽修公司的前任町内会会长。

申请再审前千纱曾拜访过当年参加那场祭典的居民，但当时他不在，很多事情未能询问清楚。千纱按响门铃，一位七旬左右的男子打开了门。他脸上皱成一团，像是嘴里塞满了话梅。

"哦，是千纱呀，有什么事吗？"

"会长，我有一些事想请教你。"

老人虽已卸任，但多年来一直这么叫，大家都习惯了，也就继续这么称呼了。会长把千纱请进客厅，会长夫人端来了茶水和点心。此前来拜访时，夫妻二人刚好去儿子家了。

"那我就开门见山了。"千纱开口道。会长眨了眨眼。

"二十一年前我被绑架时，你有没有见过什么可疑男子呢？"

会长脸上浮现出"果然如此"的神情，痛苦地点了点头：

第五章　完全无罪

"实在是对不起，都怪我让你去买啤酒……"

"没关系，真的。我只想知道当时你有没有注意到什么可疑人物？"

老人轻啜一口茶，低声道："有的。"

"真的吗？"

"有个男人躲在暗处，一直在窥视祭典。"

会长表示当时并未放在心上，千纱被绑架后才觉得蹊跷，说到这儿，又反复向千纱致歉。

"真的没关系的。那个男人有什么特征吗？"

"个子很矮。"

个子很矮的男人。这个信息与之前听到的如出一辙，却还是没法儿再往前一步。千纱继续追问，可会长表示已经不记得那个人的长相了。到头来，线索还是断在了这里。

"说来还有些意外，昨天也有警察来问过这个问题。"会长又喝了一口茶。

什么？警方事到如今又来调查千纱当年的绑架案件吗？

"哎，就是之前那个闹得沸沸扬扬的退休刑警有森。"

"欸？是他……"

意料之外的名字让千纱下意识咬住了拇指。她默默思考着，如今依然在电视上坚称平山有罪的有森，难道是认为绑架千纱的凶手也是平山，所以想要再次展开调查？不对，绑架未成年人这一罪行的追诉时效是五年，这个案子已无法再追究罪责了。

有森究竟是抱着怎样的心态投身于这个事件之中呢？在经历了如暴风雨般的舆论攻击后，一般人应该会选择静静等待风头过去，然后安度余生才对。可他现在竟然还在继续调查，看来他的决心非同寻常。为了证明平山是犯人，他似乎已经赌上了身家性命。

千纱想着，必须去见见他。她确信，从根本上来说，自己和他有着许多相通之处：两人都怀着莫大的执念，拼命想要揭示真相。

不久后，车子停在了有森家门前。可眼前房子的样子已与之前来访时截然不同。窗户玻璃全都被砸了个粉碎，外墙被扔来的彩弹弄得脏污不堪，已是人去楼空。

"啊，你是找有森先生吗？早搬走啦。"邻居家正在收小番茄的老夫妇说道。

"你知道他搬去哪儿了吗？"

"不好意思，我们也不知道。"

应该是为了躲避媒体和闹事者的骚扰吧。既然如此，肯定不会把新地址告诉任何人。手机号估计也换了吧。

当千纱返回车上，忽然接到了电话。

"喂，是松冈小姐吗？"

"是的。有什么事吗？"

是警察打来的电话。

"请问你知道平山聪史的下落吗？我们想去他家调查一些情况，但是他不在家。律所也不知道他的行踪。"

第五章　完全无罪

莫非与绫川町的怪物之家有关？警方难道调查出了什么？平山上午应该是在高松市演讲，下午的行程倒是不知道。

"是那栋房子里查出什么了吗？"

"嗯？你没看新闻吗？"

听警方这么一说，千纱连忙打开了车载电视。每家电视台都在大肆报道，标题是"山中发现二十一年前遗体"。千纱喉头滚动。

"遗体是在一座废弃寺庙的古井里发现的，是个人迹罕至的地方。"

警察的声音与新闻播报相重叠。虽然不知道详细情况如何，但死者必然就是高木悠花。前不久刚去拜访过的高木夫妇的面容，清晰地浮现在了千纱眼前。

到底是怎么回事？为何事到如今……

她满心疑惑，但最让她不安的是，为什么警方会打电话过来找平山呢？既然高木悠花的遗体已经找到，就证明警方将会把失踪案改为绑架杀人案来彻查。而此时寻找平山，难道……

"你们不会是在怀疑平山先生吧？"

对面沉默着，没有否认。

"遗体上发现了带有毛囊的毛发，DNA与平山聪史一致。"

"怎么可能……"

握着手机的手剧烈颤抖，警方的话让她的脑子顿时一片空白。她强迫自己冷静下来，紧紧握住了手机。

完全无罪

"如果知道他的下落，请立即联系我们。"

警察的语气中似乎隐含着某种暗示，像是在怀疑千纱帮平山藏匿了行踪，然后挂断了电话。

千纱的手仍在不停颤抖。难以置信。究竟是怎么一回事？她疯狂地在电视和手机上搜索新闻，但只查到了遗体是因匿名举报得以重见天日的，除此之外可以说是一无所知。

向警方通知了这一信息的会是谁呢？为什么偏偏在这个时刻找到了遗体呢？这些情况目前都无从得知。她再次拨打了平山的手机，仍然无人接听。

总之，得找人商量一下。

混乱中，千纱再度驱车驶向丸龟市。

果然不出所料，香川第二法律事务所门前早已被蜂拥而至的媒体记者围得水泄不通。平山的住所恐怕也是如此。为了避免被记者发现，千纱赶紧联系熊，约在郊外一家幽静的咖啡馆碰面。

千纱先到一步，喝着姜汁汽水等待着熊的到来。十分钟后，熊摇晃着魁梧的身躯推门而入。见他四下张望，千纱连忙举手示意。

"究竟怎么回事？"

熊抹去额头的汗珠，点了一杯冰咖啡。事务所的电话几乎要被警察和媒体打爆，形势岌岌可危。

"我让穴吹他们先应付一下，但我还是得尽快回去。"

"平山先生的 DNA 信息，媒体那边知道了吗？"

第五章　完全无罪

"尚未正式公布。"

果不其然。眼下警方行事谨慎，可一旦消息公之于众，势必掀起轩然大波。一个再审无罪之人，如今又因另一起命案被捕，舆论必将失控。

"但平山先生为什么突然消失了呢？演讲结束后，我邀他共进午餐，他说要回家一趟，随即就消失得无影无踪了。千纱，你也不知道他在哪儿吗？"

已不知拨打了多少次平山的手机，千纱自己才是最想知道他下落的人。

"但有件事很蹊跷。"

"蹊跷？"

千纱认为此刻不能再继续隐瞒，便说出了平山曾现身怪物之家一事。熊闻言惊愕不已，脸上满是悲伤之色，责怪她为什么不早点告诉他。想起上次电话中他的关切……千纱心头一阵酸楚。

"对不起。"

熊一口气饮尽了大半杯冰咖啡，情绪稍有平复，他轻叹道："算了。

"但坦白说，我内心很是崩溃。我一直坚信平山先生并非凶手，并为此不懈抗争。可如今……"

熊痛苦地抱住头。千纱也深感震惊。然而细细想来，此事的确有许多不合常理之处。警方表示，毛发中仍残留着毛根。这与二十一年前池村明穗案几乎如出一辙。难道这次也是……但无论如何，也不能对发生在眼前的现实视若无睹。

"平山先生究竟去哪了？"

高木悠花遗体刚一找到，他就立刻失踪，难免令人揣测他是因警方找到了确凿的证据而畏罪潜逃。

"总之，我先回事务所，其他事情都交给我吧。千纱，你一定要找到平山。"

熊留下一张千元钞票后匆匆离去。

千纱结完账又回到了车内，握紧了方向盘。平山究竟去了哪里？他酷爱兜风，是不是还一无所知地在某处开车驰骋？

她再次拨打了平山的手机，依旧无人接听，似乎已经关机。无奈之下，她驱车前往此前跟踪平山时曾去过的父母滨海水浴场，可依然遍寻无果。

海边嬉戏的年轻人拿着手机议论纷纷。

"听说平山那家伙失踪了。"

"真的假的？这剧情也太炸裂了，警方要逆袭啊。"

千纱别过脸去。显然消息已不胫而走，事情似乎已经闹得尽人皆知了。

"果然绫川那个案子也是平山干的吧。"

众人如此猜测，千纱也无力阻止。若是平山此时选择自杀，那么这起连环绑架杀人案的所有罪责都将归咎于他。而为他赢得再审无罪的千纱、香川第二法律事务所以及菲亚顿律师事务所也将陷入绝境。

第五章　完全无罪

然而，当"自杀"二字自脑海中一闪而过时，千纱心头一震。平山消失的原因，或许并非逃亡，而是在绝望中选择死亡。抑或者，他已遭人毒手……那无疑是最糟糕的结局。真相未明，一切将被掩埋。所有事情将会以平山为凶手草草收场。

不，绝不能让事情变成这样。

千纱离开父母滨海水浴场，继续探寻平山可能前往的场所。明知徒劳，但她还是去了绫川町那栋怪物之家探查，却依旧未见平山踪迹。

夜幕深沉如墨，平山依旧杳无音信。之后她又拨打了无数次平山的电话，却始终处于关机状态。时钟已悄然越过深夜十一点，此刻再用"突发奇想驾车外出"之类的托词已无法自圆其说。

手机骤然响起。

会是平山吗？千纱心头一震，急忙查看屏幕，看见的却是一个陌生号码。她并未将自己的联系方式透露给媒体，究竟是谁呢？

"是松冈小姐吗？"这声音似乎在哪里听过。

"我是有森义男。"

真是出乎意料。说起来她自己都快忘了，今天自己还去了有森家一趟。对了，之前贸然上门拜访时，自己好像留下了一张名片。

"我想和你谈谈关于平山的事，最好是面谈。"

"我也正有此意。"

"哦？是吗？"

两人约定明日傍晚在千纱老家的饭店月园见面，随即挂断了电话。

有森为什么会主动来电？难道是想炫耀局势已然逆转？或许他掌握着千纱所不知的隐情。有森想必也期待从千纱这里获取些什么信息。他虽然手段偏激，但身为刑警，对于真相的执着应该和自己是一样的。千纱决意相信有森。

疾驰在夜色之中，平山的身影在她脑海中始终挥之不去。

在冈山监狱平山向她敞开心扉时，眼中的目光仿佛在无声诉说着真相。几天前见面时也是如此。难道这一切皆是虚妄？千纱无从判断。

此时此刻，千纱唯一的祈愿，便是平山还活着。

2

车子以五十公里时速平稳行驶。

在前去与千纱见面的路上，有森打开了车载收音机，试图从中捕捉一丝有用的信息。新闻报道：高木悠花的遗骸在废弃寺庙的井底被发现，而失踪已久的平山依旧下落不明。

自从那则新闻播出后，有森的评价得到了一百八十度大转弯，各种问候如潮水般涌来，纷纷表示他的判断才是正确

第五章　完全无罪

的。可有森心中却未曾涌起一丝"果然如此"的得意。

电话那头的神秘人曾低声诱惑，让有森将平山的毛发放在高木悠花的遗体上。自那刻起，有森陷入了深深的迷惘。若他真的接受这一提议，平山必将陷入万劫不复的深渊。那句"无论他杀的是池村明穗还是高木悠花，不都一样吗"，仿佛带有某种诡异的魔力。

然而，有森最终还是选择了拒绝。

这并非是出于纯粹的正义感，他想逮捕平山的执念从未动摇，为此他甚至可以付出一切。可是……

或许，并非所有事情都是平山所为，电话那头的神秘人手上也沾染了鲜血。

惨遭杀害的高木悠花和池村明穗，被绑架的松冈千纱……他一直坚信平山就是幕后黑手，从未怀疑过有其他可能。然而此刻他的内心却悄然萌生了"或许并非如此"的念头。若果真如此，他绝不能沦为他人棋子。自己曾做出过有违刑警职责的行为，却从未出卖过自己的底线，他的心里始终只有真相。

他曾打算将遗体一事告知警方，但未及行动，高木悠花遗体被找到的新闻已然铺天盖地。显然，因有森的拒绝，神秘人无奈之下只得亲自出手，将平山的毛发置于现场。由此不难推断，这个神秘人有能力获取平山的毛发。自然脱落的毛发是不能用于 DNA 鉴定的，这与绫川事件中车内毛发的证据逻辑如出一辙。如此一来，便意味着这些毛发是直接从

221

平山头上拔下来的。能做到这一点的人能有几个呢？这次一定能锁定目标。

平山消失了……这实在令人百思不得其解。逃亡是下下之策，无异于自己承认罪行。或许他已绝望至极选择了自杀？但若真凶另有其人，平山为何会选择销声匿迹？而若是被真凶所害，对凶手而言，这也无疑是自寻死路。难道凶手自信满满，认定平山的尸体永远不会被人发现？

还需要更多的信息。应该先把重点聚焦于那些能获取平山毛发之人。提到与平山关系亲密之人，最先浮现在脑海中的便是他的辩护律师。

看来得与那孩子聊聊了。

有森犹豫片刻，终于下定决心联系松冈千纱。面对当前的局势，她恐怕也陷入了极端混乱之中。她不会帮助平山逃亡。平山要是就此消失，必将成为所有罪案的替罪羊。千纱绝对不会希望这样的事情发生。所以两人是存在合作空间的。

驶入丸龟市内，导航提示五分钟后抵达。

"真是令人怀念。"

与千纱的相约之地，正是月园。

时隔二十一年，那家悬挂弯月标志的乌冬面馆仍记忆犹新。店面并不大，当年来调查绑架案消息时，曾品尝过这里的乌冬面。味道已模糊不清，应该中规中矩吧。

门关着。今天并非节假日，门上却贴着临时休业的告示。看来是高木悠花遗体甫一发现，媒体便蜂拥而至了。环顾四

第五章　完全无罪

周，确认四下无人之后，有森这才缓缓走进店铺。

门没有上锁。推开店门，眼前的千纱穿着像是面试时用的西服套装，如少女般端坐于内，专注地翻阅着资料。

察觉有森的到来，千纱抬起头，眼神中闪过一丝求助的意味。

"打扰了，真是不好意思，工作很忙吧？"

"哪里，再审之后一直都没有机会和有森先生见一面。我父母都在里屋，这里不会有人打扰。"

"原来如此。那……"

有森落座后，千纱起身锁上店门，为他倒了一杯茶端了过来。他轻啜一口，旋即切入正题。

"松冈小姐，是我说想和你见一面的，所以我会把我知道的一切，全部告诉你。"

有森毫不保留地讲述了那通电话的来龙去脉，千纱闻言霎时瞪大了双眼。

"有些令人难以置信吧？但这一切都是事实。"

"不，有森先生，我相信你。看来这一系列的绑架事件背后，的确另有真凶。"

真相尚在迷雾之中。打电话过来的神秘人恐怕就是高木悠花一案的凶手。若非凶手，是绝不可能知晓遗体所在的。可绑架并杀害了池村明穗的凶手，以及绑架千纱的真凶，仍然悬而未决。

"有森先生，这些案件绝对是同一人所为，毋庸置疑。"

完全无罪

千纱语气坚定，信心十足。有森好奇她这份自信的根源，但接下来的话却更让他震惊。据千纱所说，平山似乎曾被诱导至千纱当年被囚禁的那所房子，她称之为"怪物之家"。听起来荒诞不经，但有森却并不这么觉得，因为他也曾接到过匿名电话。

"自从接手绫川事件以来，我一直坚信这三起案件是互有联系的，并不断追查。即便是再审之后，我也坚信只要深挖我被绑架一案，其他两案也能真相大白。"

一本写得密密麻麻的笔记本递至有森眼前。

本子上记录了千纱对这一系列案件的详尽调查。千纱被绑架时，目击者表示可疑人员身材矮小。确实，当时警方调查时也搜集到了这一证词。笔记信息量之巨，令人叹为观止。千纱凭一人之力居然能调查到这个份上，其执念之深已超乎常理。不愧是凭一己之力逃离怪物之家的奇女子。

然而，在这些感慨之前，有森的思绪已转向另一端。诱导平山之人与致电有森之人，必定是同一个人。这个人究竟是谁？

"千纱小姐，在你看来，谁能获取平山的头发呢？"

听到这个问题，千纱微微张嘴，愣了几秒。

"难道是那次……"

面对有森的追问，千纱详细描述了那天发生的事情。在东京举办的庆祝平山再审无罪的聚会上，一位举止怪异的女性突然攻击了平山。当时，千纱亲眼看见平山被狠狠扯住头发而痛苦万分的情形。头发被连根拔起，这在日常生活中出现的频率并不高。当然，仅凭此事便下结论还是稍显草率，但如此一来，包括那位女性在内，当时所有在场的人就都有了嫌疑，值得调查。

"当时出席的成员名单应该查得到吧？"

"嗯，应该是有名簿的。我稍后查清再联系你。"

有森凝视着千纱，脑海中不禁浮现出亡女的身影。若她还在世，应该比千纱还要大几岁，或许已为人妻，让自己操碎了心吧。这些念头不知为何突然涌上心头。

"有森先生，你在听吗？"

有森满怀歉意地抬起头："不好意思，刚才走神了，麻烦你再说一遍。"

"我想知道你为什么会联系我。你坚信平山聪史就是罪魁祸首，如今却将一切和盘托出。如果仅仅是为了作为前任刑警的颜面，那么正如那个神秘人所说，你大可伪造证据，或者装作一无所知。我很好奇为什么你会愿意帮我。我觉得是因为有森先生的确是一位心怀正义的刑警。"

有森苦笑着摇了摇头。

"我离将灵魂出卖给恶魔只有一步之遥。"

接到那个电话时，他并非毫不动心。他迫切地想将平山绳之以法，即便是以高木悠花案将他定罪也在所不惜。尽管这会让杀害高木悠花的真凶逍遥法外，但他依然觉得自己能找出那个家伙，亲手将其抓捕归案。如今回想起来，这些念头实在是过于疯狂、荒唐。

"松冈小姐，对于平山的下落，你真的一点头绪都没有吗？"

千纱轻轻点头。想必警方早已反复对她进行盘问，毕竟她不仅是辩护人，同时也是绑架事件的受害者。她年纪不足有森一半，但经历的事情却更为跌宕起伏、充满艰辛。她的回答绝无虚言。

"最怕的就是他已经被灭口了。"

对于千纱的这句话，有森默默点了点头。确实，平山始终下落不明，这对于高木悠花一案的真凶而言，正是求之不得的局面。若能将平山置于死地，并使尸体消失无踪，或者即便没有尸体，只要能伪装成平山自杀的假象，那么凶手便能永享自由。

显然，千纱对平山的行踪同样一无所知。于是两人的话题自然而然地转向了平山的为人。千纱所披露的细节令有森颇感意外。

平山担任校工期间，对学校的孩子们满怀爱心，勤勉尽责；他曾关切地询问千纱的近况，言辞间洋溢着温情；而且，平山还是一个对妹妹呵护备至的兄长……这些看似与案件无关的琐事，却让有森对平山有了更多的了解。

"事到如今，再来责备有森先生也已无济于事，但平山先生曾说过，他为妹妹的死而深受打击……这难道不是事实吗？他对妹妹的爱是如此深沉。"

第五章　完全无罪

或许真是如此。有森此刻才恍然大悟。或许自己二十一年前所构建的平山聪史的形象，不过是片面之见，与真实情况相去甚远。这些话语在法庭上固然无法成为证据，却不知为何，在此刻深深触动了他的心弦。

之后，两人又继续聊了一会儿。

"那么，松冈小姐，若有什么新情况，还请你务必告知。"

"好的，我会第一时间联系你。"

有森告别月园，坐入车内。

鼓起勇气联系千纱，无疑是明智之举。得知平山曾出现在千纱曾被监禁的那栋房子里，这一消息令他颇感意外。但比起这些，能结识这样一位可以携手合作的伙伴，或许才是此行最大的收获。剩下的唯有静候她从与会成员中筛选出能够获取平山头发之人。相较之下，最棘手的还是平山的下落。

夜幕已然低垂，四下幽暗。

握着方向盘，有森蓦然醒悟，或许一直以来，自己从未真正了解过平山其人。对犯罪受害者的情感共鸣，固然能在侦破过程中化作动力，但这种动力或许正是诱发冤案的罪魁祸首。怀着对犯人的憎恶，难免会让自己的判断蒙上阴霾。

绫川事件个也正是如此吗？女儿意外去世，让自己内心深处始终难以释怀，当池村明穗的形象与自家女儿的身影晕染合一，那无处宣泄的怒火便向平山喷涌而去。

车辆行至绫川小学门前。

有森将车停在了河堤之上。为调查此事，他不知多少次踏足此地。关于平山的相关信息，他可谓掘地三尺。可平山被捕之前在这一带的生活轨迹，除却案件相关信息外，自己竟一无所知。

有森脑海中浮现出刚才从千纱处听闻的片段。平山对千纱所说内容应该属实。由此勾勒出的，分明是一位心地善良的男子形象。对于平山其人的审视，在罪行面前，自己总觉得其他都无足轻重。但或许正是这样的轻率，酿成了这一滔天冤罪。

平山啊，你究竟身在何处？

有森驱车直奔平山老家。

平山老家早已化为一片废墟。不过不远处有一座公园。平凡无奇的一座小公园。公园里没有那些老旧的游乐设施，只有安全性颇高的新式跷跷板和滑梯等器具。

这些设施想必已经不是当年旧物，而是新近更换的了。有森独自坐在空荡的秋千上，目光投向沙坑。三十几年前，平山肯定也曾在这儿和妹妹嬉戏打闹，那时的他断然不会料到，十几年后的自己会以绑架并杀害了一名女童的罪名锒铛入狱。

不行，还是想不到平山会去哪里。有森深深叹了口气，无奈地摇了摇头。

无论怎样代入平山的视角，终究是一无所获。那些可能藏身的地方，警察早已如狼似虎地排查过了。自己能做的，实在寥寥无几。

第五章　完全无罪

正当他垂头丧气之际，手机突然响起。

是千纱吗？

然而手机屏幕上显示的，却是公用电话的号码。

难道是那个家伙……有森眼皮一跳，急忙打开手机，手指缓缓移向通话键，与此同时又悄然按下录音键。

"喂……"

"有森先生，久违了。"

听筒里再次传来那刺耳的机械音。真是那家伙。在这种节骨眼还敢打电话来，实在令人意想不到。自己没有接受他的提议，也没有选择栽赃平山。按理说，事到如今他应该不会再来找自己了。

"你最好尽早自首。"

有森强压住内心的波澜，试图劝服对方。但显然对方不可能轻易就范。他一边拖延时间，一边试图从对方的语气中窥探其身份。是曾经见过的人吗？还是某个意想不到的角色？不过，对方似乎并未因自己的拒绝而显得多么愤怒。

"你希望我这么做吗？"

有森心中暗自忖度：什么意思？想转移话题吗？不得而知。这家伙究竟是谁？若只是为了将平山塑造成杀人犯，那他的目的早已达成。此时他打电话给有森又能得到什么好处？无论怎样变声，只要有了通话录音，进行声纹分析后便是铁证。这家伙不可能不知道这一点。若没有足够的好处，他不会轻易出手。

"不想知道平山的下落吗？"

突如其来的这个问题让有森一时语塞。

"警方竭尽全力却仍一无所获。要是你能找到并抓住他，这次便能彻底一雪前耻了吧。"

有森紧紧握着手机，咬紧了牙关。居然还有脸说出这种话，这家伙究竟在暗中图谋什么……

"平山他还活着吗？"有森抛出了心中最为牵挂的问题。然而，回应他的只是一阵轻蔑的笑声，没有答案。

果然，这家伙的意图依旧扑朔迷离。若平山已命归黄泉，那自然是不被任何人发现尸体对他最为有利。如此说来，平山还活着。但要囚禁一个七八岁的小女孩还勉强可行，关住一个成年男子可就不是轻而易举之事了。况且，他这么做有什么意义呢？要是被人看到了真容，留下活口岂不是自找麻烦？

"你要怎么选？时间可不等人哦。"

电话那头的声音仿佛洞悉了有森的内心，故意催促。有森的思绪被瞬间打乱。该死……

"我明白了，告诉我吧。"有森无力地回应道。对方似乎颇为满意。有森想拖延时间，借口称要拿出笔记本记一下。对方却表示没这个必要。

"绫川那里有一栋房子……"

电话那头开始透露平山的藏身之处。有森总觉得这地点似曾相识，居然就是千纱方才提及的怪物之家。她说自己曾被囚禁在那栋房子里。实在匪夷所思。平山怎么会在那种地方？

"剩下的，就悉听尊便了。"

有森还没来得及追问，电话就被挂断了。料他也不会回应对自己不利的问题。无论如何，结果都是一样的。当务之急是，现在究竟该如何是好？

不，其实他心里早已有了答案。

插入车钥匙，在导航系统中输入了怪物之家的地址，有森启动了引擎。

此刻的自己已经没有什么可失去的了。与其对那家伙的诱惑视若无睹，继续束手无策，不如勇往直前。二十一年前的连环绑架案，自己有责任亲眼见证这最后的结局。有森驱车直指怪物之家。

导航显示，抵达位于绫川町的目的地仅需十五分钟。就在这短暂行程中，这二十一载的种种在有森心中不断翻涌。发现池村明穗的遗体、非法审讯迫使平山认罪、成年后现身的松冈千纱、今井的背叛，以及电话那头的神秘人的登场……这一切，必定出自同一人之手。三起绑架案无疑是同一个恶魔所为。究竟是谁？为什么要这样做……

手机骤然响起，屏幕上赫然显示着"松冈千纱"。

难道已经找到了可能获取平山毛发之人？正当他打算接听时，路口的绿灯亮起。有森停下已伸出一半的手。算了，自己已经不想再往后拖了。

十次，二十次，手机依旧执着地响个不停。

有森将那单调的铃声幻想成旋律，脚下猛然踩下油门，毅然驶向那栋怪物之家。

3

在昏暗的房间内，千纱竭力梳理着纷乱的思绪。

有森的话犹如晴天霹雳。如果他说的是真的，那么打来电话的那个人极有可能就是这一连环绑架杀人案的真凶。如今杀人罪行已不受追溯时效限制，他既犯下两起绑架杀人案，恐怕难逃死刑的命运。

但如果真如他所说，那么与高木悠花的遗体一同被发现的平山的毛发，或许并非来自二十一年前，而是被人刻意放置于此。除了那个打电话的人，还能是谁呢？在与有森的深入讨论中，两人迅速得出了这一结论。

锁定能够获取平山毛发之人，无疑是明智之举。千纱准备前往事务所，正走向车门，背后忽然传来一声关切。

"这么早就去工作吗？身体还吃得消吗？都已经连续几天没好好休息了吧？"

回头看去，是母亲。父亲也从屋里探出头来，目光里满是担忧。

"别太拼命了，要把自己的身体放在心上。"

第五章　完全无罪

"我明白。"

"爸爸妈妈都不忍心看千纱你这么辛苦。你看你眼睛,又红又肿……唉,千纱,算了吧,过去的事情就让它过去吧。你也可以像其他年轻人一样,出去走走、打扮打扮、做自己喜欢的事,享受生活的美好。"

"我都说了我知道了。"

千纱再次决绝地打断了母亲的话。事情走到这一步,已然无路可退。这早已不再是单纯地治愈自己内心的创伤。平山、有森,还有惨遭杀害的池村明穗与高木悠花,自己正肩负着无数人的期盼前行。

"听见了吗,千纱?"

"我不能停下来!"

"千纱……"

母亲脸上浮现出悲戚之色。手机铃声骤然响起。对不起,妈妈……千纱在心底默默道歉。

"喂,我是松冈。"

"千纱,我查过了。"

话筒那头传来熊略显激动的声音。就在刚才,千纱把从有森那里得来的消息电话告知了熊。他虽震惊不已,但听说平山可能还是被冤枉的,心中仿佛燃起了希望的火苗。

"参与活动的人里面,有可疑人员吗?"

"难说。我列了一份名单,你要不要看看?"

"麻烦你了。我立刻过去。"

电话铃声突兀响起，与母亲的对话也戛然而止。

母亲不再言语。父亲从暗处微微颔首。千纱轻快地说了声"我出门了"，便钻入车内，离开了月园。

香川第二法律事务所的窗户透着明亮的阳光。

千纱快步走进事务所，向熊询问详情。除去那名突然闯入的女性，所有参与者都在这份名单里。

千纱仔细审视。香川籍人士占了多数，其中陌生名字也不少。

"太多不认识的人了，有值得怀疑的吗？"

听到熊的问题，千纱微微侧首沉思。

"非要说的话，应该是这个人吧。平山先生倒在地上的时候，是他扶起来的。"

"嗯？是这样吗？"

"还有这个人，他递了毛巾过去。"

"喔，你记得还挺清楚。"

按这种速度来看，恐怕要花很长一段时间了。千纱轻叹一声，可熊的表情中却透着一丝胸有成竹。

"熊，你发现了什么吗？"千纱一问，熊立刻点了点头。

"按常理推断，那名闯入的女性最为可疑。所以我已经对她展开了调查，但总觉得有些不对劲。"熊长叹一口气，"我现在怀疑的是这个男人。"

顺着熊所指之处望去，千纱不禁发出了一声惊呼。

第五章 完全无罪

那里赫然写着今井琢也的名字。确实，今井在某种意义上来说是有过前科的。他伪造的证据让真相整整掩埋了二十一年。

"今井可是此中老手，堪称伪造证据的专家。"熊补充道。

可要不是今井亲口说出了真相，平山至今仍在囹圄之中。今井既然已经帮助平山脱罪，现在又再次陷害于他，这又有什么意义呢？

但熊却露出一副洞察一切的神情。

"今井现在手头非常拮据。"

"拮据？真的吗？"

"嗯，他沉溺于赌博，欠了一屁股债还要继续赌，现在高利贷那帮人正对他紧追不舍呢。恐怕这样下去小命不保。"

据熊所说，今井为了偿还债务，声称让他做什么都可以。他企图化身恶棍英雄，借出书与演讲来清偿债务……真是令人难以置信。

"之前一直没有告诉你，其实今井曾经因为这件事来找我法律咨询。在我看来，他是个为满足私欲而不惜一切的人。"

听说他的书销量颇佳，但电视与演讲的工作却戛然而止。今井并非蒙受冤屈的受害者，而是施害者之一。社会对以此牟利之行径极为抵触，所以今井至今仍深陷金钱泥沼之中。

"说来也可悲。这世道实在谈不上什么人性本善，真正良善者寥寥无几。那些找律师咨询各种棘手谋杀案件的，几乎全是些怪物。"

完全无罪

千纱脑海中不禁浮现出今井在再审申请庭审时痛哭流涕的模样。当时的千纱心头一暖，以为是自己的决心终于得到了回应。然而，那些哭喊竟然全是虚情假意。她脑海中今井的发型由双分头幻化为金发，摇身一变幻化成了幼儿坠楼案中的田村彪牙。

可即便今井是那般怪物，也未必意味着他就是当时拿走平山毛发之人。

"还有其他证据指向今井吗？"

"没有，主要还是排除法。"

熊也坦承这只是推测，方才自信满满的神情已荡然无存，低沉的语调令事务所内的空气愈发沉重。显然，众人因平山失踪一事已心力交瘁。

断言今井可疑或许有些欠妥，但如果按目前得知的事实推断，的确只有名单里这些人有可能获取平山的毛发。如此想来，对今井有所怀疑也在情理之中。

事务所内久久陷入沉寂之中，唯有当地律师协会捐赠的那座古旧时钟的秒针仍不停走动，在寂静中悄然回响。

打破沉默的还是熊。他似乎低声咕哝了一句什么。

"熊，怎么了？"千纱故意提高音调，但声音却隐约透出一丝飘忽。熊眉头紧锁，并未回应。

"有些话，我一直不知道该怎么开口。"熊的目光仿佛投向无尽的远方。千纱将视线移至房间的角落，心中反复咀嚼着熊说的这句话。

第五章　完全无罪

熊轻轻侧过头："算了，以后再说吧。抱歉。"

"好吧。"

千纱不好继续追问，只能停下这个话题。最终，他们对于可能获取平山毛发的人依旧一筹莫展，可疑人物始终隐藏在水面之下。

千纱再次将目光投向名单。名单按日语五十音图排序，她从"a"行开始逐一审视。青木、石川、内田……几乎都是五十岁以上的陌生人。千纱进一步融入自己的推理：若二十一年前的三起绑架案系同一人所为，且还给有森打了电话，那会是谁呢？既然在二十一年前曾经绑架过自己，那如今应该已步入中年了。再加上"小个子"这一证词的话，范围便可进一步缩小。名单中虽然没有标注身高，但只要与集体照片相对照，也能大致能判断出个子高矮。

反复思量后，千纱认定，最有可能获取平山毛发的，还是这些参与派对的成员。虽无法排除由他人放置的可能，但至少指示者必在此列。

目光移至"ka"行。葛西、岸田、工藤……多是些平平无奇的姓氏。然而，在这之中，一个姓氏忽然如磁石般吸引了她的视线。

——你在想什么呢……

那里赫然写着"熊弘树"三个字。熊身材魁梧，本应第一个排除，但千纱骤然想起，二十一年前，熊不过是个初一的少年。所谓的小个子，难道并非成年人，而是少年？少年时代的熊，绑架了千纱，还绑架并杀害了另外两人……如此恶魔般的行径，难道真的毫无可能吗？

警察大概从未将未成年人纳入怀疑范围，毕竟这几起案件中，犯人都使用了车辆，而初中生驾车接连绑架三名女童，再在那栋怪物之家中，囚禁并残忍杀害了她们，这样的故事实在过于荒诞不经。虽说如此，也不能完全排除这一可能性，毕竟此案本身已显露出超乎现实的诡异态势，任何离奇之事皆有可能发生。

熊端着咖啡走了过来。

"你喝吗？"

千纱不由自主地退后半步。这个可能虽然荒谬至极，却仍让她的膝盖止不住地颤抖。不行，这一切都太过可疑、太过荒唐了。她的屁股不小心撞上桌角，桌面猛然一震，文件如雪崩般散落一地。但千纱无暇他顾，快步冲出事务所，钻入车内，发动引擎，绝尘而去。

打了无数次电话，有森始终没有接听。

既没有关机，也没有开启语音留言。为什么偏偏是在这个时候？千纱不停重播，依旧是徒劳。

已经三天没有好好睡一觉了。

身体疲惫至极，困意如潮水般涌来，大脑却顽固地拒绝沉睡。

无处可逃。究竟要躲到什么时候才能安心呢？这二十一年间，被怪物追赶的噩梦始终挥之不去。即便下定决心与之抗衡，帮助平山赢得了再审，即便知晓怪物的真身不过是墙上斑驳的污渍，噩梦依旧缠绵难离。

不仅如此，噩梦好似化为了现实。

追逐千纱的怪物愈发强大。逃亡无望，抗争无果，即便放弃也难以解脱。终有一天，它会把千纱吞噬殆尽。它明明随时都可将她一口吞下，却又总像是想在等待她最为鲜美之时再行享用。

不知不觉间，她又回到了丸龟市。

终究，还是要依靠父母吗？只要撒撒娇，一定可以的。但她做不到。明明就是为了不让父母继续为自己担心，这才选择与之奋战。要是让他们更担心，岂不是成了恶性循环？千纱知道绝不能这样下去，于是毅然在中途折返。

果然，不彻底了结绫川事件，将真凶绳之以法，这场梦魇就绝不会结束。她选择奋起反抗是对的。千纱轻轻揉了揉那双如兔子般赤红的眼睛，强行让自己的大脑再次运转起来。

现在未知的信息实在太多了。简直数不胜数。可最神秘的莫过于真凶的身份。真凶究竟是谁？三起绑架案必定出自同一人之手。事已至此，平山显然已洗脱了嫌疑。那真凶会是谁呢？揭开真相时，自己又将面临何种命运呢？

叭叭叭叭——

刺耳的喇叭声骤然响起，她猛地踩下刹车。远处有人大骂："会不会开车啊！"

车身失去平衡，不停打滑旋转，险些撞上护栏。千纱勉强稳住车子，靠边停下。打开双闪后，她暂且阖上了双眼。

心跳如擂鼓。方才，死神与她擦肩而过。握住方向盘的手已被冷汗浸透。千纱深吸一口气，将手放在心脏的位置上。够了，别再抗争了，放弃吧！这或许就是那怪物传递而来的讯息，最后通牒：若不顺从，唯有死路一条。

要不还是算了吧？自己已经尽力了，已经无力承担更多。即便噩梦缠身，不还是可以苟延残喘吗？正是因为自己执着于抗争，怪物才现身于现实之中。

正当她想关掉双闪时，手机铃声突兀响起。

屏幕显示是一个公用电话。难道是……有森告诉自己的那些消息瞬间浮现在脑海当中。没错，有森接到的那个神秘电话，就是从公用电话打来的。

"松冈小姐？"

一听到这个声音，千纱浑身肌肉瞬间僵直。不出所料，就是那个刺耳的机械音。没错，正是有森口中的那个神秘人。

"你是……"

明明刚刚才下定决心要放弃，可此刻的千纱又沉默着握紧了手机。

这个人究竟是谁？

为何会打电话到千纱这里？要是打给有森还情有可原，打给千纱是何目的呢？

"想要知道真相的话，就去那栋房子吧。"

他指的应该就是坐落于绫川的那栋怪物之家。那里究竟

第五章　完全无罪

隐藏着什么秘密？平山又究竟身在何处……千纱心中的疑问如翻涌的潮水，此刻却又堆积在嘴边什么也说不出来。匆忙间想要录音，那声音却早就无影无踪了。通话已然中断。

睡意瞬间被抛至九霄云外。想要探明真相，就必须直面那栋怪物之家吗？多么讽刺！刚决意不再抗争，却又必须主动靠近那个怪物……想必怪物正在那里张着血盆大口，静候猎物上门吧。即便如此，仍要前去吗？

好害怕。好想逃。可要是错过了这个机会，真相将会永远掩埋在黑暗之中。这样也没关系吗？平山曾将千纱比作《三只山羊嘎啦嘎啦》里那只无助的小羊。的确。曾经的自己只知道逃避，也从未拥有如大山羊般能与怪物相抗衡的犄角。可这一次，她会重返自己曾狼狈逃离之地，与那怪物正面对决。

千纱关掉双闪，再次握紧了方向盘。

已经来这里很多次了，即便夜色浓重，千纱也不至于找不到通向怪物之家的路。

沿着砂石小路驶向山麓。即便将车内冷气调到最低，体内那股燥热依旧难以平息。

和第一次来到这里时一样，千纱将车停在草丛深处，快步朝怪物之家走去。周围没看到其他车，或许是停在别处了吧。那个人一定就在此处。

千纱没有打开手电，而是悄然绕至屋后。

完全无罪

藏着钥匙的盆栽已被翻了个底朝天，后门露出一条缝隙，显然已有人先到一步。

她像是开启金库一般缓缓推开了房门。四周寂然无声。好似一切尘埃落定般的死寂，笼罩着这座被诅咒的怪物之家。千纱打开手电，光线自客厅蔓延至走廊。并无异样。

之前来到这儿时，高高叠起的橱柜挡住了前路，如今却踪迹全无。千纱小心翼翼，警惕着脚下随时会塌陷的地板，悄然前行。

本以为屋内有人，却不见丝毫迹象。难道自己被骗了？一念及此，走廊上延展的灯光竟捕捉到一抹人影。千纱惊讶地张大了嘴巴，又硬生生将尖叫吞回腹中。

走廊尽头，一男子悄然而立。为什么？千纱瞪大了双眼。

"是你啊。"

这满头银发的男子竟是有森。一只手电滚落在墙边，光线偏离了方向。有森再次垂下目光，只见一男子呈大字形倒在地上，血流如注。

有森如石雕般冷然俯视，手中紧握着一把满是鲜血的菜刀。

4

在幽暗的夜色中，微弱的光芒忽明忽灭。

第五章　完全无罪

明明距离并不遥远，那声音却仿佛自天边传来。她在说什么呢？啊，原来是这样。她报了警吗？这样简单一件事，有森竟然都没能立刻反应过来。

千纱将手机放回口袋，然后依旧用手电筒照着有森，缓缓后退。

有森心想，千纱一定以为是自己刺伤了别人吧。然而事实并非如此。他想知道平山的下落，所以才被诱导至此。他踏进这栋房子也是在不久之前。一进来他便发现地上躺着一名浑身是血的男子。一开始他还以为是平山。直到看见那个光头，他才知道原来是曾和他一起追捕平山的今井琢也。

千纱的目光投向躺在地上的今井。不，不对。她那双通红的眼睛注视着的，是有森手中的那把刀。

按理说，人们不会轻易拾起凶案现场的凶器。然而此刻，这把陈旧的刀显得格外熟悉。他曾无数次用这把刀切萝卜，做成美味的腌萝卜干。

"……有森先生，为什么？"

他已经没了辩解的兴致。有森凝视着那把血迹斑斑的刀。在这种情况下，任谁来看都会认为是他刺伤了今井。

原来如此，他终于明白了。

为什么自己居然没能识破这一点？那个家伙从一开始就计划好了要让有森来到这里。有森曾经的住所如今空无一人，闯入其中取走一把刀，并不是什么困难的事情。

千纱蹲下身子查看今井的情况，随后缓缓抬头看向有森。

两人默默相对，有森避开了她的目光。

千纱肯定也是被诱导至此的，为了成为见证有森杀害今井的目击者。

或许，这个案件与他想象的完全不同。他一直以为真凶是为了自保，想让平山成为替罪羊。可他猜错了。强烈的恶意驱使着一切，犯人从一开始就没有以此为目标。如此想来，真凶难道是……不，这简直……

寂静中，千纱缓缓站起身。她始终与有森保持着一定的距离，目光也未曾离开过他。

有森这才意识到自己手中依然握着凶器，于是轻轻将刀放回地面。

"平山先生不在这里吗？"

"啊……"

突然，《米老鼠进行曲》的旋律打断了两人的对话。有森和千纱同时对视一眼，巨大的音量催生出令人毛骨悚然的诡异感，在空旷的空间里不住回荡，两人不由得环顾四周。

有森注视着走廊尽头的那扇门，千纱也随之将目光投向那里。他步入走廊，缓缓转动着那个房间的门把手。

声音的源头就在那里。千纱从背后打亮灯光。在床上，一部手机闪烁着诡异的光芒，不停发出声响。

有森急忙想接通电话，但或许是不熟悉智能手机的操作，显得有些手足无措。电话一直响个不停，来电者的号码却被隐藏了。

第五章　完全无罪

"喂，听得到吗？"

有森接通了电话，但电话那头却寂静无声。

电话很快就被挂断了。怎么回事……有森凝视着手中的手机。千纱伸手过来，有森便将手机递给了她。

"这……这个手机跟平山先生的手机是一样的。"

千纱犹豫片刻，开始操作手机。主屏幕上只有一个视频文件夹。她侧过手机，让有森也能看到屏幕上的内容，然后打开了视频。

屏幕上出现了一个老人的脸。

"在死之前，我有几句话想跟你说。"

老人面露痛苦，但在宣布要说出一切后，他便以清晰的语气开始了讲述。这个角度像是被偷拍的，如同有森被记者捕捉到的画面。

"这个人，我认识。"

千纱瞪大了眼睛。有森也震惊异常，几乎忘了眨眼。手机屏幕中的老人清了清嗓子，然后说出了那段话："二十一年之前，绑架并杀害了池村明穗的人，是我。高木悠花也是被我绑架并杀害的。还有一位，松冈千纱，也曾被我绑架。"

正在坦白这一切的人，是川田清。面对这完全出乎意料的展开，两人惊愕不已，可画面中的川田依旧在详尽地回忆着当时的场景。

"不知为何，那段时间的我很是异常。在公园里看见悠花时，她身上的格子裙随风轻摆的模样，勾起了我心中不可遏制的欲望。我无法自持。绫川那儿有一处废弃的房屋,那便是我的秘密基地。"

从暮年的老人口中说出"秘密基地"这种词,显得格外诡异,但他所说内容的骇人程度已让人无暇他顾。他究竟是在向何人倾诉?

"啊,悠花被我扔进了一口古井里面。你们不知道吧?沿着山间小路前行,有一座巨大的铁塔。从那里沿兽径而上,就可以看到一个三十多年前就已沦为废墟的荒寺。"

记忆如潮水般涌回。自那条兽径上走过的压抑仍挥之不去。那种令人作呕的感觉,在自己的刑警生涯中都未曾有过。

"其实埋起来说不定更隐蔽。不过还是算了。现在这样子的话,想见的时候我还可以随时去见她。"川田带着诡异的笑容,继续说道,"小千纱穿着淡黄色的浴衣,格外夺目。那时我对悠花尚未厌倦,却还是情难自禁,把她带走了。不过,真是遗憾啊。我的小蝴蝶就这么翩跹逃走了。"

一声尖叫之后,手机自千纱手中滑落在地。她气喘吁吁,痛苦地蹲下,用双手死死地捂住了嘴巴。不久后,呕吐的声音传来。

有森拾起了掉落的手机。

"所以,我只好加倍疼爱悠花了。"

千纱用双手捂住耳朵,近似崩溃般疯狂摇头,时不时还喃喃自语,试图否定眼前这一切。有森被川田接连揭露的真相所震慑,一时间哑口无言。

第五章　完全无罪

"明穗穿着的粉红色上衣随风飘舞。她手里拿着素描本，画画时的手势犹如猫咪般可爱。把她带来后，我终于做了我最期待的事情。可是呢，她真是一点都不乖。我只好把内衣塞到她嘴里，渐渐地，她便不再挣扎了。在她死后，我们反而成了亲密无间的朋友，那孩子也终于对我敞开了心扉，还对我说，'爷爷，我们再来一起玩吧'。"

有森再也抑制不住内心的痛苦，低声怒吼。畜生！这个世界上怎么会有这样邪恶的存在？！川田得意扬扬地讲述着二十一年前所犯下的罪行，像是在回忆甜蜜而青涩的青春时代，语气中满是愉悦。

千纱双手掩面，全身颤抖。她的手电筒掉落在地上，映出了墙上斑驳的痕迹，仿佛一张张扭曲的脸庞。

真凶正是川田。可他已经离世。究竟是谁打的电话，又怀着什么样的目的？答案已然昭然若揭。

"老实说，我很害怕。"

画面中，川田痛苦地抱住了脑袋。

"这些年来，我一直被噩梦所纠缠。那些孩子扑向我，压在我身上，逼我说出真相。我总是轻描淡写地说：'知道了，知道了。'我以为她们终于放弃了，一切归于平静……"

川田用力摇了摇头。

"可就在不久前，一个孩子来到了现实世界之中。那个孩子就是二十一年前被我绑架的小千纱。"

千纱颤抖着缓缓抬起了头。有森几乎发出惊叫。

完全无罪

"对不起，我只是想和你们做好朋友罢了。"

千纱再次低头看向手机，眼中布满猩红的血丝，死死盯着屏幕。

川田清。这个人像是由无数邪恶拼凑出的肿块。在漫长的警察生涯中，有森从未见过如此毫无悔意且残忍至极的人渣。

"怎么绑架她们的？啊，你是说用来绑架她们的车吗？那是我自己的车。当时身边的人发现我的车消失不见了，对我有所怀疑，所以我只好推说车坏了，已经处理掉了。其实是被我偷偷藏起来了。藏在什么地方？啊，我已经沉在秘密基地附近的池塘里了。"

有森哑然。川田的犯罪行为冲动又鲁莽。他杀死了高木悠花并将她丢弃在古井中，为什么竟未被发现？警方明明出动了那么多人员进行搜查。

不，其实有森心里明白，是人们心中的偏见帮了他。所有人都认为是平山所为，这种偏见根深蒂固，而没有任何人想过去修正。不仅如此，人们甚至还掩盖了事实，伪造了平山犯罪的证据。而其中的核心人物，正是他与今井。

川田也交代了他藏匿少女内衣和偷拍照片的地方。

"我快死了。死了以后，我就可以和明穗还有悠花重归于好了。到了那边，我一定能与她们成为好朋友。从此以后，我们将永远在一起。哈，说出来感觉轻松多了。谢谢你。"

在川田的满面笑容中，视频结束了。时长大约十五分钟。

第五章　完全无罪

这份遗言极具说服力。这不是老人临终前的胡言乱语。有了如此明确的证词，附近的池塘里应该也能找到川田的车。他偷藏的内衣和照片应该也能找到。

很长一段时间，有森和千纱沉默无言。

川田这番自白绝非出于深刻的反省。相反，他似乎沉醉于自己的忏悔。从他对女童们的回忆来看，他丝毫没有受到良心的苛责，甚至可以说，他更像是在讲述自己的英勇事迹。这个世上真的没有神佛吗？为何如此无可救药的怪物却能寿终正寝？

连环绑架杀人案的真凶是川田。既然如此，将有森等人骗至此地的又是谁呢？目的何在？倒在走廊上浑身鲜血的今井，以及旁边掉落在地上、本属于有森的菜刀，正无言诉说着这个问题的答案。

"……有森先生。"千纱抬起头，用红肿的眼睛注视着有森，"是你刺伤了今井先生吗？"

川田的自白让他停止了思考。从现场这副样子来看，恐怕也的确只能得出这一个可能。无论谁来看都是如此，他已无心辩解。

是谁策划了一切？答案昭然若揭。想除掉今井，并将罪责嫁祸于有森的人，除了平山还能是谁呢？平山一直在暗中等待对有森和今井复仇的时机。

他并没有杀害今井，而是被人陷害了。他本可以如此辩解的。然而，即便沉默近乎默认，他也只是一言不发。

"有森先生，请回答我。是你刺伤了今井先生吗？"

他几乎就要开口认下了。

平山认罪时大概就是这般心境吧。他心爱的妹妹选择了自杀，几乎沦为行尸走肉的他这才放弃了抵抗。如今的有森亦是如此。平山是杀害池村明穗的凶手的可能性已荡然无存。那个男人不过是个被命运捉弄的可怜人。自己究竟做了些什么？

"为什么不回答？"

有森一言不发，只是低头凝视着刚才还紧握着那把刀的手。

一切都太晚了。他在此刻才终于明白了平山做这一切的目的。毫无疑问，这一切都是为了复仇。他想报复将罪行栽赃于他的有森和今井。杀了今井，然后嫁祸给有森……这是一场精心设计的复仇戏码。

川田在千纱来访后唤来了平山。大概是因为他觉得平山是最适合听他坦白一切的人选吧。他或许未曾料到平山会如此愤怒并给予了反击。不，川田已然疯狂。他讲述得如此得意扬扬，说明他完全不在乎在这个替自己承担了所有罪责的人面前说出真相。

偷偷拍下这段视频的是平山。护工说的另一位访客指的也是平山。自己曾猜想是平山悄悄将不利于自己的证人川田灭口，没想到真相竟是如此。

在拍下这段视频后，平山就已经能够证明川田就是真正的凶手。有了这么多证据，只要通知警方，一切都将尘埃落定。真凶一旦浮出水面，就再也没有人会怀疑平山的清白了。完全无罪的曙光就在眼前。然而，平山却毅然踏上了复仇之路。他竟如此执着……

有森低着头，默然无语。这时，身后传来一阵脚步声。

千纱张大了嘴巴，目光越过有森，投向他的背后。有森缓缓转身，仿佛在追寻那道视线的方向。

那里站着一个满脸倦容的男人。

"……平山先生。"

平山像是望着一件已然厌倦的玩具，随意拾起走廊上的刀，站在房门前。千纱的手电照亮了他的半边脸，凌乱的白发垂落在他眼前。他的双眸无喜亦无悲，仿佛戴上了能剧面具。

但为什么？他为什么会在此刻现身？

"松冈小姐，是我。刺伤今井的人，是我。"

面对坦然承认的平山，千纱难以掩饰内心的震惊。

"因为我无法原谅他们。唯有他们……"

平山用刀指向有森，又指了指今井，语气中带着无法抑制的怒火，讲述起往事。

"我早就下定了决心，等假释出狱，我一定要向这两人复仇。本以为还要再等十几年。不过多亏了松冈小姐，让我得以更早重获自由。松冈小姐，你还记得吗？我们初次见面的时候，我曾说不知道能不能活到假释那一天。那句话说的并

完全无罪

不是我自己，而是已年近七十的有森。他要是死了，我该找谁报仇呢。"

平山俯视着躺在地上的今井。

"这家伙真是个人渣。"

即便今井已经躺在了地上，平山依然无法抑制内心的憎恨。今井在再审申请时主动认罪，在保释后更是跪地谢罪，这使他一度动摇了复仇的念头。然而，有森竟然又在电视上说出了那些话，他无法确定这两个前任刑警是否真的认真悔过，所以决定再次考验他们。

"我之所以去见川田清，是因为收到了他的来信。"

平山讲述着川田的来信。一个神秘的信封被寄到了香川第二法律事务所。

"信中署名是川田。那个在高木悠花案中指认我是真凶的人寄来的信。我觉得事情非比寻常，便决定前往查看。我用刚学会的手机录像功能悄悄将一切都记录了下来。"

信中提到，只要平山能保证永远守口如瓶，他便会将一切真相告知。

"当我从川田口中得知全部真相，并亲眼看到他说的秘密基地和证据时，我本想立刻通知警察。毕竟，只要找出真正的凶手，应该就不会再有人怀疑我了。川田固然令我愤怒，但这份愤怒很快被另一股更为强烈的情感所取代。"

有森默默听着平山的话，一言不发。

"我忽然意识到，机会来了。于是我分开向两人提议，让他们把平山的头发放在高木悠花的遗体上，栽赃嫁祸。无论如何我都要确认这一点。"

"确认？"

面对千纱的疑问，平山点了点头。

"我要确认他们的真心。我想知道他们是否真的对自己的行为有所反省。有森先生没有答应，但今井一听我说愿意替他还清所有债务，便毫不犹豫地将我留在旁边的平山的毛发放在了悠花已成白骨的遗体上。这个家伙根本没有丝毫悔意，所做的一切全都是为了钱。他在法庭上的自白也是一样。多亏了他，我终于下定了决心。"

原来是这样。平山居然也向今井提出了同样的建议。利用川田的供词揭露凶手的真面目，杀害今井然后嫁祸给有森……这一切都如同有森所预料的那样。

但为什么非要走到这一步呢？川田才是真凶，这一点已经毋庸置疑。等待平山的本该是光明的余生。他遭遇了这般不幸，去追求幸福才是理所当然的选择。可为了报仇，他不惜放弃所有幸福。这场冤案竟然如此让他难以释怀吗？

"请你不要误会。"平山仿佛看穿了他的心思，瞪着有森，"你们给我造成的冤屈，我毫不在乎。"

难道不是这样吗？有森没有问出口，但平山似乎感觉到了他的质疑。

"是因为你们害死了我妹妹。"

这是他在审讯室和法庭上从未流露过的锐利目光。

"即便我被逮捕，佳澄也没有怀疑过我。她说哥哥绝不会做出这种事情。佳澄之所以会自杀，都是因为你们撒了谎！是你们骗了佳澄，对她说我已经认罪！是你们的谎言害死了佳澄！"

平山似乎是在给今井打电话时确认了这件事。今井得意扬扬地说，他为了使平山认罪，编造了谎言，从他妹妹那里突破了防线。

"对于佳澄而言，我的清白将永远沉埋于黑暗之中。既然如此，哪怕和这两个家伙持刀互砍，我也一定要向他们复仇！这是支撑我活到现在的唯一念想。"

平山的目光比刀尖还要锋利，让有森感到一阵战栗。

并非恐惧，也非怜悯，这眼神似乎在哪里见过。对，在很多年前，池村敏惠在法庭上对平山投去的，就是这样一种眼神。失去了自己深爱的、比生命更为重要的人，由此燃起的怒火充斥着双眼。

原来如此，事到如今他终于明白了。

推动平山走到今天的，并不是因冤屈而酿就的愤怒，而是因失去最重要的妹妹而引发的愤怒与悲伤。与敏惠一模一样。

有森心中仿佛有什么东西断裂了。他好似失去了所有力气，单膝跪在了地上。

"抱歉。"

直到现在才说出口的这声抱歉。在平山看来，或许如同

第五章　完全无罪

火上浇油，但他依然无法抑制住心中的歉疚。二十一年来，这是他第一次由衷地感到对平山充满了歉意。尽管是今井擅自从平山的家人这一环进行突破，但平山认为这是出自有森的指示也实属正常。他已无心辩解。

平山手持尖刀逼近有森。千纱急切地喊着让他停下。而有森丝毫没有要逃跑的意思。

"如今想来，这场针对你们二人的考验还是失败了。我已经知道今井这个家伙多么令人憎恶了，可有森先生，我依旧看不穿你的本心。这次你的确没有嫁祸于我，但这也代表不了什么。"

平山停下了脚步，握着刀的手微微颤抖。

这份罪孽应该如何偿还？是否要避开他，以免平山背负更多的罪责？或者还是任由他完成复仇更能让他解脱？

当平山再度举起刀对着有森时，千纱忽然喊住了平山："你为什么没有取回今井放在遗体上的头发？"

千纱的话语使平山的动作戛然而止。

"任由事态发展的话必然会引起警方的怀疑，事实上正是如此。当平山先生你知道今井将自己的毛发放在悠花的遗体上时，难道没有意识到自己的所作所为将背负怎样的罪孽吗？你利用了经历了如此痛苦的悠花，令她死后还要沦为你复仇的工具。"

平山依旧紧握着刀，僵立在原地。片刻之后，他深深地叹了口气，转身面向千纱。

"是的,我这才发现,我也变成了一个怪物。"

平山用一只手掩住了脸。原来,将高木悠花遗体的消息通知给警方的人就是他。想到自己所犯下的罪孽,他大概早已没了收回头发的念头。

"我只希望他们能早点发现。"

平山握着刀的手正止不住地颤抖,有森想夺下这把刀的话立刻就可以做到。但他什么都没做,只是静静地凝视着平山。

"我已经不再关心自己的处境……可是,我仍然无法宽恕他们!"

啊啊啊!平山发出了宛如野兽临死前的哀号。

然而,菜刀从他颤抖的手中悄然滑落。

如同慢镜头般坠向地面的那一瞬间,室内回响着沉闷的撞击声。有森瞪大了双眼。怎么回事?这不是菜刀落地的声音。

丢下菜刀后,平山的身体悬在了半空之中。

他瞪大了双眼,整个身体仿佛被无形的力量向后拽扯,缓缓倒下。有森伸出右手,却什么也没有抓住。平山的身体半旋着跌在地面。千纱的呼喊声犹在耳边。今井仍旧躺在地板上。

究竟发生了什么?有森一头雾水,但几秒后,伴随着沉重的脚步声和粗重的呼吸声,一名身穿制服的男子缓缓逼近。

"你没事吧?"

第五章　完全无罪

年轻警察手上的枪还缭绕着淡淡的烟雾。千纱的灯光照亮了平山。平山倒在地上，生死未卜。子弹似乎击中了他的胸膛。伤口虽小，但他已纹丝不动。

有森对着年轻警察怒斥："你这个蠢货！"

警察急忙为自己辩解起来。当地派出所得知平山失踪的消息后一直在这栋房子附近警戒，他接到千纱的报警电话后立即赶来，听到争吵声后，便赶紧进入屋内，恰好目睹了平山手持菜刀向有森冲来的瞬间。

"虽然还没来得及警告，但我是在面临紧急不法侵害的情况下才开枪的。"

紧急不法侵害？平山当时的确是手握菜刀朝这边冲来。可当时他的杀意早已消散。那声咆哮不过是杀意被压制后的垂死挣扎。这个年轻人误解了这一切。

"平山先生，平山先生！"

千纱对着没了动静的平山不停呼唤。年轻警察竭力为自己开枪的行为辩解，但有森完全不明白他在说些什么。啊，他明白了。这个年轻人不过是尽忠职守罢了。在他的身上，有森看到了年轻的自己的影子。

平山这个男人，究竟度过了怎样的一生……因冤案入狱，妹妹因此去世。这莫须有的罪名让他被监禁了整整二十一年，好不容易获得了再审无罪，重获自由，可昔日那些冤枉他的刑警却依旧逍遥法外。他试图以这来之不易的自由为代价谋求复仇，却被一无所知的年轻警察一枪击中。有森心中五味

完全无罪

杂陈，低头看着一动不动的平山。

在这似乎看不见终点的长夜里，两个男人躺在了怪物之家的地上。在千纱焦急的呼唤之下，身体微微颤动复苏的并非平山，而是今井。为什么会是他？！千纱的面容扭曲，满是怨恨。

今井身上似乎只有一处伤口，且未曾触及要害，出血量也不大。要是真的想置其于死地，应该再补上致命一刀才对。但平山并未这么做。平山聪史。这个男人或许骨子里就是个不愿伤害他人的温柔之人吧。

远处传来警笛声。

千纱紧紧握住平山的手，不停呼喊着："不要死！求求你了，不要死！"

有森在浓重的黑暗中竭力祈祷。是的，平山，你没有杀人。你从来没有杀害过任何人。完全无罪。

泪水自脸颊滑落。有森凝视着平山，警笛声逐渐逼近了。

终章

俯瞰着东京市中心的璀璨夜景,玻璃帷幕的电梯正悄无声息地向上攀升。

一整天的疲惫渗入全身,但精神战胜了肉体,操纵着肢体继续运转。今天因交通肇事案前来咨询律师的委托人,依旧是那种典型的人渣。自身的过失避而不谈,还厚颜无耻地恳求千纱为其做无罪辩护。他不会是臆想千纱手中拿着魔法棒,可以随心所欲吧?

抵达第三十五层,熟识的律师露出惊异的表情。

"咦?松冈,你不戴眼镜了?差点没认出来。"

这位中年律师曾与千纱并肩作战,共同应对幼儿坠楼案件。近来,千纱睡眠质量显著提升,双眼不再布满血丝。她原本视力就不错,自然无须戴眼镜遮掩。

千纱缓步踏过柔软的地毯,朝高级合伙人办公室走去。她即将与真山会面。并不是真山相邀,而是她主动前来的。

在保安和秘书的引领下,她走进了房间。

终 章

"啊，真是辛苦你了。"

一如既往，真山一边品着红茶，一边吃着饼干，还是那款西班牙产的无麸质饼干。

"哎呀，果然还是不戴眼镜更可爱呢，这样可漂亮多了。"

对千纱摘掉眼镜的赞美成了对话的开场白。

"怎么了？平山的事没人会责怪你的。"

平山在再审无罪后掀起的一系列事件早已传遍街头巷尾。之后赶来的救护车将今井和平山送往了医院，两人均保住了性命。平山仍在住院，但因涉嫌杀人未遂而被批捕。

真凶川田清已浮出水面，人们看待平山的目光也不再充满敌意。那栋绿色屋顶的房子附近的池塘中发现了川田的车，内衣和照片等物证也与手机视频中的证词全都吻合，证据确凿无疑。平山在绫川小学上班时曾被怀疑存在偷拍和盗窃行为，后来也被证实是川田所为。平山试图向两名前刑警复仇的行为，反而博得了人们的同情。

"所以你来找我是有什么事吗？"

"我想在这次辩护之后，正式辞去事务所的职务。"

真山像是早已猜到，缓缓抬起了头。这件事他们早已谈过，尽管千纱声名在外，但实力还有待精进。她的离去对事务所而言，远远算不上伤筋动骨。

真山轻叹一声："哎，真是可惜。"

带着一丝苦笑，真山伸出了手。千纱双唇紧抿成一条直线，没有伸手。

"真山先生，还有一件事我很想问你。"

"什么事？"真山有些强势地硬是和她握了握手。

"你为什么决意接手绫川一案？"

真山嘴里叼着饼干，陷入沉思。

"为什么？嗯……让冤案沉冤昭雪还需要理由吗？说实话，我本来以为这个案子很难再有转机了。等到DNA重新鉴定的结果出炉，我几乎就要放弃了。而你，却缔造了一个奇迹，委实令人钦佩。"

"并非如此。"

"你肯定又要谦虚说都是靠运气了。但依我看，这绝非运气使然。你对今井的心理洞察入微，那番辩护堪称绝妙。"

"我不是这个意思。"千纱语气坚决，真山终于放下了饼干。

"今井坦白曾经的非法审讯与调查行为是必然的。他自始至终都是这么打算的，只不过在伺机而动罢了。于他而言，这是一门生意。背叛警方，将一切和盘托出，虽然会使自己陷入困境，但可以出演电视节目、演讲、出书大赚一笔，这就是他的冤罪生意。可症结不在此处。这并非出自今井本意。熊事后才告诉我，是他主动向今井提出这些计策的。"

真山沉默着望向窗外。在再审申请期间，熊曾打算代替深受DNA重新鉴定结果打击的千纱，亲自质询今井。然而，面对千纱的坚定决心，熊也不好勉强。他曾好几次想和千纱坦白一切，却终究未能如愿，只能将苦闷留在心里。

终　章

在平山刺伤今井被捕之后，熊陷入了深深的悔恨之中。他觉得若不是自己提出了那么卑劣的计策，事态或许不至于演变成这般模样。尽管今井与平山最后都保住了性命，但一个不小心说不定两人都要命丧黄泉。

"不过，这些计策都是真山先生你教给熊的吧？"

千纱目光如炬，紧紧锁定真山。接下来都是她的推断。熊虽没有透露更多信息，但以他的性格，绝无可能策划出如此阴谋。在再审申请之前，熊曾与真山有过联络，一定就是在那个时候真山安排了这一切。真山早已对今井进行了彻底调查，从一开始便打算通过让他背叛警方来赢得胜利。千纱不过是这场阴谋中的一个棋子罢了。真是个疯狂的策略。

千纱再一次迫近真山，表示自己已经知晓了所有事情。

可真山却好似一切都在预料之中一般，只是轻轻摇了摇头。果然是只老狐狸，他自信熊绝不会向千纱吐露实情。

"我再问一遍，你为何执意接手绫川事件？"

面对这问题，真山也露出了为难的神色。千纱在追问的同时，终于意识到真山的可怕之处。真山必定早已洞悉一切，甚至在向熊提出这些计策时，就已精确计算出熊的性格和反抗的极限，甚至连千纱的反应也在他的预料之中。这不禁让她觉得，好像无论如何进攻，都只不过是徒劳无功罢了。

"是为了让他们垮台。"

真山微笑着道出了意料之外的真相。这的确是千纱未曾想到的理由。为了稳固自己在这家大型律师事务所的至高地位，他竟试图通过平反二十一年前对方曾参与的那场冤案，来让那个碍事的男人失势。那平山和有森等人的抗争又算是什么呢？

"就为了这么点无聊的事……"

真山在决定申请再审时，轻蔑地否定了警察、检察、法院和律师所标榜的正义。可既然如此，真山心中的正义究竟是什么呢？

"真山先生，你……"

正当她想继续追问时，真山的双眸骤然变得赤红，笑意中燃烧着难以言喻的烈焰。千纱全身顿时掠过一阵寒意，那火焰仿佛拥有意识，强大到几乎要将她吞噬殆尽。

怎么回事……千纱一时之间竟说不出话来。

"骗你的啦。真是不好意思，怎么可能是那样呢。"

真山眼中那熊熊燃烧的火焰如幻象般瞬间消散，又恢复了往日那柔和的面容。千纱依旧愣在原地，沉默以对。

就在刚刚，她感觉自己好似触碰到了某种不应触及的禁忌。茫然之中，耳边响起真山的声音："你做得很好。"他再次伸出了温暖的手掌。

"至于要不要辞职，还是回去后再好好考虑一下吧。"

真山将千纱送至电梯口，就此别过。

到头来，幕后指使今井坦白之人依旧成谜，此事便这般不了了之。然而，相较于真相，真山那一瞬间所显露的恐怖更令她心神不宁。那究竟是什么呢？与真山分别后，她竟感

终　章

到一丝如释重负。难道仅仅是那样一个眼神就令自己不战而退了吗？

"不过嘛，算了。"千纱露出一丝释然的微笑。

二十一年间四处逃窜的怪物，原来是个如此虚弱不堪的老人。然而那名为正义的怪物，其真身却依旧扑朔迷离。接下来，她准备返回四国，至于以后的事，就以后再慢慢想吧。

横渡濑户内海，Marine Liner 缓缓抵达高松站。

她一边轻声哼唱着站台上流淌的《濑户的花嫁》旋律，一边走向检票口。几个人早已在此等候多时。是香川第二法律事务所的伙伴们。大家都热情洋溢地迎接着她的到来。

熊曾一度心灰意冷，决意放弃律师生涯，但在千纱的苦心劝说下终究回心转意。

"好了，我们出发吧。"

熊开车载她前往高松中央医院。平山现在就在这里住院。穴吹小姐在车内讲述了后来的情况。平山胸部中弹，幸运的是，子弹竟奇迹般地穿透背部排出体外，尽管肺部被击穿，但性命得以保全。有森坦承了自己的过失，并向媒体表示，为了赎罪愿意为平山做任何事情。

"警方真是戒备森严啊。"

平山被安置在特护病房，唯有千纱获准进入。在两名警察的严密监视下，千纱走进病房，轻手轻脚地拉开窗帘。

尽管身上还插着几根管子，但已经不用戴氧气罩了。平山似乎意识还很清醒，也能开口说话。他原本躺在床上望着窗外，察觉到千纱的到来，便默默转过头来。

在绫川事件中获得完全无罪的代价就是，平山一旦康复，便将面临身陷囹圄的命运。这无疑是讽刺至极的结局。

千纱心中明白，任何言语都难以抚慰他的创伤。两人四目相对，却只是静默无言。绑架事件发生后，千纱有深爱她的父母，在这次事件当中也得到了熊和事务所同仁的鼎力支持。可平山呢，他失去了唯一的妹妹，孑然一身。在无边孤独中，他仅凭一腔复仇之火，支撑着他孤军奋战至今。

往后余生，他要如何度过呢？对平山而言，无论是死在那座绿色屋顶的房子里，抑或是死在监狱之中，恐怕都已无关痛痒。

"平山先生，谢谢你始终坚守着那份承诺。"

深思熟虑后，千纱终于说出了这句话。

两人在监狱会面时，平山许下了绝不撒谎的诺言。他信守了这一承诺，自始至终都没有对千纱说过谎。即便有时沉默不语，也从未言不由衷。无罪判决后的庆功宴上，他说的那句"谢谢你让我这个杀人犯无罪释放"，其实也是肺腑之言。他所指的并非是二十一年前的旧案，而是决心要手刃那两位刑警，所以才自称杀人犯。

千纱想起了在那座绿色屋顶的房子里平山对有森的叱责，其中有几句话至今仍在她心头萦绕。

——对于佳澄而言，我的清白将永远沉埋于黑暗之中。

终 章

显然，平山并不是想要向世人昭雪冤屈，他只想向一个人证明自己的清白，那就是他深爱的妹妹。

"平山先生，你是无辜的。"

你妹妹一定也是这么认为的……千纱本想这么说，但话到嘴边，又生生咽了回去。这样的慰藉，对于平山至今为止坎坷的人生而言，未免太过廉价。

完全无罪。想要实现这一点，或许远比让骆驼穿过针眼更难。何况，无罪亦非终点。追回逝去的一切的斗争，这才刚刚拉开序幕。平山是否能重新站上起跑线呢？

转身之际，背后传来平山低沉的声音："松冈小姐。

"谢谢你。"

临别之际，千纱收获了一声轻柔又透着无尽落寞的谢意。

千纱略一颔首，随后离开了病房。

走出医院，她瞥见不远处有一位老人正仰望着一棵参天大树，那身影竟与有森有几分神似。

这二十一年的时光实在太过漫长。即便知晓了怪物的真面目，即便找到了真凶，心中却总有一丝未了之感。这个世界上，或许还有许多她未曾觉察的怪物。

不过，幸好她已经不再做噩梦了。那双总是通红的眼眸，如今终于重归澄明。停车场那边，熊与穴吹他们正向她挥手。千纱忽然了悟，自己已不再是孤身一人。即便是看似失去一切的平山，终有一日，他也一定能……

就在此刻，老人抬头凝望的那棵大树上，一群无名鸟儿

完全无罪

骤然展翅高飞。

千纱瞪大了双眼,目光紧紧追随着那群翱翔于天际的鸟儿。她将此刻能展现出的最灿烂的微笑,赠予了那些振翅飞向湛蓝苍穹的身影。